井上一宏 著

從零開始
用YouTube影片
學日文 ②

對話口語大特訓
井上老師的12堂免費線上課程

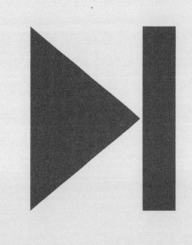

本書內容請搭配完整教學影片使用。

YouTube 搜尋：井上一宏＋從零開始學日文❷

前言：不再只說教科書日語，學會日本人的生活對話

　　大家好，我是來自日本的日語老師井上一宏。首先想問讀者有沒有看完老師的上一本著作《從零開始，用 YouTube 影片學日文》和十小時的教學影片呢？因為你現在手上的第二集，是針對有日文基礎，卻在會話時常常講不出來的學生而設計的影片課程，如果沒有基礎或擔心的話，我建議先讀完上一本書，再來讀這本效果比較好喔。

　　第一集是從最基礎的五十音開始，再來學習動詞變化跟常用句型，目標是可以表達自己想說的意思。第二集主要學習的是「日本人的實際會話」，以讓讀者講出自然的日文為目標。已經學習日文一段時間的讀者應該會發現，從教科書中學到的日文，跟實際日本人的會話有很大的差別。比如說你想問對方「你要去哪裡？」，我們一開始學習的是「どこへ行きますか？」，這個說法並沒有錯，但實際會話中更常聽到的是「どこへ行くんですか？」或是更親近的朋友之間的對話「どこ行くの？」（本書第 3 章）。

　　日常會話時，日本人也常常省略助詞或簡略化，比如說「必須要去」這句話，課本上教的是「行かなければなりません」，但實際對話時，我們會說「行かなきゃ」，本書的 3-2 整理了十幾種特定的省略方式。除此之外，本書還收錄了日本人最愛聊的天氣話題（第 8 章）、常用慣用句（第 12 章）等等，例句和單字都是精選生活中最常使用的，讓讀者學習起來更加輕鬆愉快。這個課程的目的是加強生活中的會話能力，所以請讀者多聽老師拍的教學影片，並跟著複誦出來，就能夠掌握會話的節奏跟音調。也可以搭配多看日本連續劇或動漫，相信之後你用日文跟日本人對話的能力，會有很大的進展。

　　最後非常感謝一心文化再次給我這樣的機會，尤其是責編蘇小姐和日文編輯鄭小姐提供的協助和建議，讓我可以完成這麼棒的一本書。

井上一宏

生活重要單字250個

背單字的祕訣是？

很多學生在初學時期都會跟我反應，學日文的第一個瓶頸就是「單字背不起來」。所以，在本書一開始，我要先跟讀者介紹背單字的三大訣竅。

本章學習重點

❶初學時背最基本的常用單字就好。1-1 會複習最基礎的 250 個日文單字，包含動詞和形容詞。

❷背單字一定要「造句」！（連同搭配的助詞和可替換的名詞一起記下來）

❸注意時態（現在式、現在否定、過去式和過去否定）。

常用動詞 133 個＋例句

　　本節會介紹生活中最常用的 133 個動詞。在上一本書中教過日文的動詞分成三大類，本節 1 ～ 50 個動詞為第一類，51 ～ 71 為第二類動詞，72 ～ 133 為第三類動詞。因為牽涉到動詞變化的方法不一樣，所以動詞分類也要記起來。每個單字都有三個例句，跟著老師邊複誦練習後，也別忘了嘗試自己造句唷。 除了動詞分類，本節一併附上最常見的辭書形、て形和ない形的動詞變化。更完整的動詞變化規則，請複習上一本書。也可以到「verbs. nihongonosensei.net」這個網址查詢，只要輸入動詞的任意形式，就可以查到該動詞的所有變化。

動詞變化一覧

第一類動詞（1~50）

1 働きます（工作）

　一類　働く、働いて、働かない
➡ 銀行で働いています。（我在銀行工作）
➡ 郵便局で働いています。（我在郵局工作）
➡ 神戸の会社で働いています。（我在神戸的公司工作）

2 買います（買）

一類 買う、買って、買わない

➡ 服を買います。（買衣服）

➡ コーヒーを買います。（買咖啡）

➡ お土産を買います。（買伴手禮）

3 書きます（寫）

一類 書く、書いて、書かない

➡ 手紙を書きます。（寫信）

➡ レポートを書きます。（寫報告）

➡ 名前を書きます。（寫名字）

4 飲みます（喝）

一類 飲む、飲んで、飲まない

➡ お水を飲みます。（喝水）

➡ お茶を飲みます。（喝茶）

➡ お酒を飲みます。（喝酒）

5 休みます（休息）

一類 休む、休んで、休まない

➡ ちょっと休みませんか？（要不要休息一下？）

➡ ちょっと休みましょう。（休息一下吧）

➡ ちょっと休んでもいいですか？（我可以休息一下嗎？）

6 行きます（去）

> **一類** 行く、行って、行かない
> ➡ 日本へ行きます。（去日本）
> ➡ 北海道へ行きたいです。（我想去北海道）
> ➡ 沖縄へ行ったことがあります。（我有去過沖繩）

7 読みます（閱讀）

> **一類** 読む、読んで、読まない
> ➡ 本を読みます。（讀書）
> ➡ 新聞を読みます。（讀報紙）
> ➡ 雑誌を読みます。（讀雜誌）

8 撮ります（拍攝）

> **一類** 撮る、撮って、撮らない
> ➡ 写真を撮ります。（拍攝照片）
> ➡ 写真を撮ってもいいですか？（可以拍照嗎？）
> ➡ 写真を撮ってもらえませんか？（可以幫我拍照？）

9 切ります（切）

> **一類** 切る、切って、切らない
> ➡ にんじんを切ります。（切紅蘿蔔）
> ➡ ねぎを切ります。（切蔥）
> ➡ お肉を切ります。（切肉）

10 遊びます（玩）

一類 遊ぶ、遊んで、遊ばない

➡ 友達と遊びます。（跟朋友玩）

➡ 公園で遊びます。（在公園玩）

➡ 一緒に遊びませんか？（要不要一起玩？）

11 消します（關〔電器用品〕）

一類 消す、消して、消さない

➡ テレビを消します。（關電視）

➡ クーラーを消します。（關冷氣）

➡ 電気を消します。（關燈）

TIPS 「關掉」的相反是「打開（電器）」，動詞用的是「つけます」。

12 住みます（住）

一類 住む、住んで、住まない

➡ 日本に住んでいます。（住在日本）

➡ 台湾に住んでいます。（住在台灣）

➡ どこに住んでいますか？（你住在哪裡？）

TIPS 「住みます」指的是長期居住，如果要表示短期旅遊的住宿，要用「泊まります」。

13 乗ります（搭乗）

　一類　乗る、乗って、乗らない
　➡ 電車に乗ります。（搭電車）
　➡ 飛行機に乗ります。（搭飛機）
　➡ バスに乗ります。（搭公車）

14 払います（支付）

　一類　払う、払って、払わない
　➡ 学費を払います。（付學費）
　➡ 入場料を払います。（付入場費）
　➡ 駐車場代を払います。（付停車費）

15 脱ぎます（脱）

　一類　脱ぐ、脱いで、脱がない
　➡ 服を脱ぎます。（脱衣服）
　➡ 靴を脱ぎます。（脱鞋子）
　➡ ズボンを脱ぎます。（脱褲子）

16 失くします（弄不見；弄丢）

　一類　失くす、失くして、失さない
　➡ 鍵を失くしました。（把鑰匙弄丢了）
　➡ 財布を失くしました。（把錢包弄丢了）
　➡ スマホを失くしました。（把手機弄丢了）

17 思い出します（想起來）

一類 思い出す、思い出して、思い出さない

➡ 思い出しました。（想起來了）

➡ 思い出してください。（請你想起來）

➡ 思い出せません。（想不起來）

18 作ります（做〔東西〕）

一類 作る、作って、作らない

➡ 朝ごはんを作ります。（做早餐）

➡ クッキーを作ります。（做餅乾）

➡ 何を作っているんですか？（你在做什麼？）

19 売ります（賣）

一類 売る、売って、売らない

➡ 果物を売ります。（賣水果）

➡ 本を売ります。（賣書）

➡ 車を売ります。（賣車子）

20 洗います（洗）

一類 洗う、洗って、洗わない

➡ お皿を洗います。（洗碗）

➡ コップを洗います。（洗杯子）

➡ 服を洗います。（洗衣服）

21 泊まります（住宿；短期過夜）

　　一類　泊まる、泊まって、泊まらない

　➡ ホテルに泊まります。（住飯店）
　➡ 旅館に泊まります。（住旅館）
　➡ 民宿に泊まります。（住民宿）

22 弾きます（彈奏）

　　一類　弾く、弾いて、弾かない

　➡ ピアノを弾きます。（彈鋼琴）
　➡ ギターを弾きます。（彈吉他）
　➡ バイオリンを弾きます。（拉小提琴）

23 はきます（穿〔下半身服飾〕）

　　一類　はきます、はいて、はかない

　➡ 靴をはきます。（穿鞋子）
　➡ 靴下をはきます。（穿襪子）
　➡ ズボンをはきます。（穿褲子）

TIPS　漢字可以寫作「履きます」

24 探します（尋找）

　　一類　探す、探して、探さない

　➡ 何を探しているんですか？（你在找什麼？）
　➡ 鍵を探しています。（在找鑰匙）
　➡ 財布を探しています。（在找錢包）

25 着きます（到達）

一類 着く、着いて、着かない

➡ 駅に着きます。（到車站）

➡ 会社に着きます。（到公司）

➡ 学校に着きます。（到學校）

26 申し込みます（報名）

一類 申し込む、申し込んで、申し込まない

➡ 日本語検定に申し込みます。（報名日語檢定）

➡ 大学の試験に申し込みます。（報名大學考試）

➡ テニスの試合に申し込みます。（報名網球比賽）

27 噛みます（咬；嚼）

一類 噛む、噛んで、噛まない

➡ ガムを噛みます。（嚼口香糖）

➡ 授業中にガムを噛んではいけません。（上課中不可以嚼口香糖）

➡ 犬に噛まれました。（被狗咬）

28 渡ります（穿過）

一類 渡る、渡って、渡らない

➡ 道を渡ります。（過馬路）

➡ 橋を渡ります。（過橋）

➡ 横断歩道を渡ります。（過斑馬線）

Tips 助詞「を」在此表達「通過」的意思。

29 返します（返還）

　　一類 返す、返して、返さない

　➡ 本を返します。（還書）

　➡ 傘を返します。（還雨傘）

　➡ お金を返します。（還錢）

30 押します（按）

　　一類 押す、押して、押さない

　➡ ボタンを押します。（按鈕）

　➡ このボタンを押してください。（請按這個鈕）

　➡ このボタンは押してはいけません。（不可以按這個鈕）

31 なります（變成；到了）

　　一類 なる、なって、ならない

　➡ 大学生になります。（變成大學生）

　➡ 夜になります。（到了晚上）

　➡ 春になります。（到了春天）

　Tips 漢字可以寫作「成ります」。

32 座ります（坐）

　　一類 座る、座って、座らない

　➡ 椅子に座ります。（坐椅子）

　➡ どうぞ座ってください。（請坐）

　➡ ここに座ってもいいですか？（我可以坐這裡嗎？）

33 降ります（下雨；下雪）

一類 降る、降って、降らない

➡ 雨が降ります。（下雨）

➡ 雪が降ります。（下雪）

➡ 雨が降っています。（正在下雨）

34 持ちます（拿）

一類 持つ、持って、持たない

➡ かばんを持ちます。（拿包包）

➡ 荷物を持ちます。（拿行李）

➡ 荷物を持ちましょうか？（要不要幫你拿行李？）

35 入ります（進入）

一類 入る、入って、入らない

➡ 部屋に入ります。（進入房間）

➡ 教室に入ります。（進入教室）

➡ 入ってもいいですか？（我可以進去嗎？）

36 知ります（知道）

一類 知る、知って、知らない

➡ ニュースで知りました。（透過新聞知道了）

➡ 知っていますか？（你知道嗎？）

➡ 知りません。（不知道）

37 置きます（放〔東西〕）

一類 置く、置いて、置かない

➡ 荷物を置きます。（放行李）

➡ テーブルにコップを置きます。（把杯子放在桌上）

➡ そこに置いといてください。（請你先放在那邊）

TIPS 口語中會把「てお」簡化成「と」（te o → to）。所以第三句本寫作「置いておいてください」。

38 手伝います（幫忙）

一類 手伝う、手伝って、手伝わない

➡ 手伝いましょうか？（要不要幫你？）

➡ 手伝ってもらえませんか？（可不可以幫我？）

39 泳ぎます（游泳）

一類 泳ぐ、泳いで、泳がない

➡ プールで泳ぎます。（在游泳池游泳）

➡ 海で泳ぎます。（在海邊游泳）

➡ この川で泳いではいけません。（不可以在這條河游泳）

40 かかります（花費時間；花費金錢）

一類 かかる、かかって、からない

➡ 大阪から東京まで2時間かかります。（從大阪到東京要花2小時）

➡ 大阪から東京まで1万円かかります。（從大阪到東京要花1萬日圓）

➡ どのくらいかかりますか？（大概要多久？）

41 終わります（結束）

一類 終わる、終わって、終わらない

➡ 仕事が終わります。（工作結束）

➡ 授業が終わります。（下課）

➡ 夏休みが終わります。（暑假結束）

42 帰ります（回去；回家）

一類 帰る、帰って、帰らない

➡ 一緒に帰りませんか？（要不要一起回去？）

➡ 一緒に帰りましょう。（一起回去吧）

➡ 帰ってもいいですか？（我可以回去了嗎？）

43 あります（有；存在〔無生命〕）

一類 ある、あって、ない

➡ 机の上に本があります。（桌上有書）

➡ かばんの中に財布があります。（包包裡有錢包）

➡ 明日テストがあります。（明天有考試）

Tips 「あります」的漢字可寫成「有ります」。

44 もらいます（收到）

一類 もらう、もらって、もらわない

➡ 友達にプレゼントをもらいました。（收到朋友送的禮物了）

➡ 彼氏に指輪をもらいました。（收到男朋友送的戒指了）

➡ 母にお小遣いをもらいました。（收到媽媽給的零用錢了）

45 会います（見面）

[一類] 会う、会って、会わない

➡ 友達に会います。（見朋友）

➡ 明日何時に会いますか？（明天幾點見面？）

➡ 午後二時に会いましょう。（下午兩點見）

46 分かります（懂；了解）

[一類] 分かる、分かって、分からない

➡ 分かりました。（懂了）

➡ 分かりましたか？（懂了嗎？）

➡ 分かりません。（不懂）

47 吸います（吸）

[一類] 吸う、吸って、吸わない

➡ たばこを吸います。（吸菸）

➡ たばこを吸わないでください。（請不要吸菸）

➡ たばこを吸ってはいけません。（不可以吸菸）

48 聞（聴）きます（問；聽）

[一類] 聞く、聞いて、聞かない

➡ 音楽を聴きます。（聽音樂）

➡ 何でも聞いてください。（有問題都可以問我）

➡ ちょっと聞いてもいいですか？（我可以問一下嗎？）

Tips　「聞きます」有「聽」和「問」兩個不同的意思，分辨方法是：音楽「を」聞きます（聽音樂）；先生「に」聞きます（問老師），搭配的助詞是不同的。

49 急ぎます（趕；急）

一類 急ぐ、急いで、急がない

➡ 急いでください。（請你快一點）

➡ 急がなくてもいいですよ。（不用急）

50 飼います（飼養）

一類 飼う、飼って、飼わない

➡ 犬を飼っています。（有養狗）

➡ 猫を飼っています。（有養貓）

➡ 金魚を飼っています。（有養金魚）

第二類動詞（51~71）

51 開けます（打開）

二類 開ける、開けて、開けない

➡ 窓を開けます。（打開窗戶）

➡ ドアを開けます。（打開門）

➡ かばんを開けます。（打開包包）

52 始めます（開始）

二類 始める、始めて、始めない

➡ 授業を始めます。（開始上課）

➡ 試験を始めます。（開始考試）

➡ 面接を始めます。（開始面試）

53 捨てます（丟掉）

二類 捨てる、捨てて、捨てない

➡ ごみを捨てます。（丟垃圾）

➡ 空き缶を捨てます。（丟空罐）

➡ ティッシュを捨てます。（丟衛生紙）

54 見ます（看）

二類 見る、見て、見ない

➡ テレビを見ます。（看電視）

➡ ニュースを見ます。（看新聞）

➡ ドラマを見ます。（看劇）

55 食べます（吃）

二類 食べる、食べて、食べない

➡ 朝ごはんを食べます。（吃早餐）

➡ カレーを食べます。（吃咖哩）

➡ お寿司を食べます。（吃壽司）

56 借ります（跟別人借）

二類 借りる、借りて、借りない

➡ 本を借ります。（借書）

➡ お金を借ります。（借錢）

➡ 田中さんに傘を借ります。（跟田中借雨傘）

57 います（有；存在〔有生命〕）

　　二類 いる、いて、いない

　➡ ベッドの上に猫がいます。（床上有貓）

　➡ どこにいるんですか？（你在哪裡？）

　➡ 本屋さんにいます。（我在書店）

TIPS　「本屋さん」本來是指書店老闆，後來變成代表「書店」本身。類似的還有「電気屋さん」（電器行）或是「八百屋さん」（蔬果店）。

58 止めます（停好〔他動詞〕）

　　二類 止める、止めて、止めない

　➡ 車を止めます。（把車子停好）

　➡ 自転車を止めます。（把腳踏車停好）

　➡ バイクを止めます。（把摩托車停好）

59 閉めます（關）

　　二類 閉める、閉めて、閉めない

　➡ 窓を閉めます。（關窗戶）

　➡ ふたを閉めます。（蓋上蓋子）

　➡ ドアを閉めます。（關門）

60 教えます（教）

　　二類 教える、教えて、教えない

　➡ 日本語を教えます。（教日文）

　➡ 使い方を教えます。（教使用方法）

　➡ 使い方を教えてください。（請教我使用方法）

61 集めます（収集）

二類 集める、集めて、集めない

➡ 切手を集めます。（収集郵票）

➡ ポイントを集めます。（收集點數）

➡ 資料を集めます。（収集資料）

62 着ます（穿）

二類 着る、着て、着ない

➡ 服を着ます。（穿衣服）

➡ 浴衣を着ます。（穿浴衣）

➡ 着物を着ます。（穿和服）

63 足ります（足夠）

二類 足りる、足りて、足りない

➡ お金が足りません。（錢不夠）

➡ 時間が足りません。（時間不夠）

➡ 点数が足りません。（點數不夠）

64 壊れます（壞掉〔自動詞〕）

二類 壊れる、壊れて、壊れない

➡ このテレビは壊れています。（這個電視壞掉了）

➡ このパソコンは壊れています。（這個電腦壞掉了）

➡ このエアコンは壊れています。（這個空調壞掉了）

65 見えます（可以看到；看得到）

　二類　見える、見えて、見えない

➡ ここから海が見えます。（從這裡可以看到海）

➡ 窓から富士山が見えます。（從窗戶可以看到富士山）

➡ 見えますか？（可以看到嗎？）

66 聞こえます（可以聽到；聽得到）

　二類　聞こえる、聞こえて、聞こえない

➡ ピアノの音が聞こえます。（可以聽到鋼琴的聲音）

➡ 鳥の声が聞こえます。（可以聽到鳥叫聲）

➡ 聞こえますか？（可以聽到嗎？）

67 気を付けます（小心）

　二類　気を付ける、気を付けて、気を付けない

➡ 車に気を付けます。（小心車子）

➡ スリに気を付けます。（小心扒手）

➡ 気を付けてください。（請小心）

68 起きます（起床）

　二類　起きる、起きて、起きない

➡ 毎日八時に起きます。（每天八點起床）

➡ 起きてから顔を洗います。（起床之後洗臉）

➡ はやく起きてください。（趕快起床）

69 寝ます（睡覺）

二類 寝る、寝て、寝ない

➡ 毎晩 十一時に寝ます。（每天晚上十一點睡覺）

➡ 寝る前に歯を磨きます。（睡覺前刷牙）

➡ そろそろ寝ましょう。（差不多該睡了）

70 覚えます（背誦；記住）

二類 覚える、覚えて、覚えない

➡ 単語を覚えます。（背單字）

➡ 名前を覚えます。（記名字）

➡ 覚えられません。（背不起來）

第三類動詞（71~133）

71 結婚します（結婚）

三類 結婚する、結婚して、結婚しない

➡ 私は結婚しています。（我已婚〔狀態〕）

72 買い物します（買東西）

三類 買い物する、買い物して、買い物しない

➡ スーパーで買い物します。（在超市買東西）

73 食事します（用餐）

三類 食事する、食事して、食事しない

➡ レストランで食事します。（在餐廳吃飯）

74 散歩します（散步）

三類 散歩する、散歩して、散歩しない

➡ 公園を散歩します。（在公園散步）

Tips 這裡的助詞「を」代表在某個範圍內移動。

75 コピーします（影印）

三類 コピーする、コピーして、コピーしない

➡ 資料をコピーします。（影印資料）

76 研究します（研究）

三類 研究する、研究して、研究しない

➡ 大学で歴史を研究しています。（在大學研究歷史）

77 心配します（擔心）

三類 心配する、心配して、心配しない

➡ 心配しないでください。（請不要擔心）

78 残業します（加班）

三類 残業する、残業して、残業しない

➡ 残業しなければなりません。（必須加班）

79 出張します（出差）

三類 出張する、出張して、出張しない

➡ 日本に出張します。（去日本出差）

80 運転します（開車）

三類 運転する、運転して、運転しない

➡ 車を運転します。（開車）

81 予約します（預約）

三類 予約する、予約して、予約しない

➡ レストランを予約します。（訂餐廳）

82 見学します（參觀）

三類 見学する、見学して、見学しない

➡ 工場を見学します。（參觀工廠）

83 掃除します（打掃）

三類 掃除する、掃除して、掃除しない

➡ 部屋を掃除します。（打掃房間）

84 洗濯します（洗衣服）

三類 洗濯する、洗濯して、洗濯しない

➡ 毎日洗濯します。（每天洗衣服）

85 練習します（練習）

三類 練習する、練習して、練習しない

➡ テニスの練習をします。（練習打網球）

86 修理します（修理）

三類 修理する、修理して、修理しない

➡ 携帯電話を修理します。（修手機）

87 電話します（打電話）

三類 電話する、電話して、電話しない

➡ 友達に電話します。（打電話給朋友）

88 引越しします（搬家）

三類 引越しする、引越しして、引越ししない

➡ 大阪から東京に引っ越しします。（從大阪搬到東京）

89 紹介します（介紹）

三類 紹介する、紹介して、紹介しない

➡ 商品を紹介します。（介紹商品）

90 案内します（帶路、介紹）

　　三類 案内する、案内して、案内しない

➡ 学校を案内します。（介紹學校）

91 説明します（說明）

　　三類 説明する、説明して、説明しない

➡ 使い方を説明します。（說明使用方法）

92 留学します（留學）

　　三類 留学する、留学して、留学しない

➡ アメリカに留学します。（到美國留學）

93 参加します（參加）

　　三類 参加する、参加して、参加しない

➡ 運動会に参加します。（參加運動會）

94 連絡します（聯絡）

　　三類 連絡する、連絡して、連絡しない

➡ 友達に連絡します。（跟朋友連絡）

95 メモします（做筆記）

　　三類 メモする、メモして、メモしない

➡ メモしてください。（請寫下來）

96 お喋りします（聊天）

三類 お喋りする、お喋りして、お喋りしない

➡ 友達とお喋りします。（跟朋友聊天）

97 相談します（商量）

三類 相談する、相談して、相談しない

➡ 親に相談します。（跟父母商量）

98 予習します（預習）

三類 予習する、予習して、予習しない

➡ 明日の授業の予習をします。（預習明天的課）

99 復習します（複習）

三類 復習する、復習して、復習しない

➡ 今日の授業の復習をします。（複習今天的課）

100 入学します（入學）

三類 入学する、入学して、入学しない

➡ 大学に入学します。（進大學）

101 卒業します（畢業）

三類 卒業する、卒業して、卒業しない

➡ 大学を卒業します。（從大學畢業）

Tips 這裡的助詞「を」是「離開」的意思。

102 出席します（出席）
しゅっせき

　三類 出席する、出席して、出席しない
　　　　しゅっせき　　しゅっせき　　　しゅっせき
➡ 結婚式に出席します。（出席結婚典禮）
　けっこんしき　しゅっせき

103 休憩します（休息）
きゅうけい

　三類 休憩する、休憩して、休憩しない
　　　　きゅうけい　　きゅうけい　　　きゅうけい
➡ ちょっと休憩しませんか？（要不要休息一下？）
　　　　　きゅうけい

104 運動します（做運動）
うんどう

　三類 運動する、運動して、運動しない
　　　　うんどう　　うんどう　　　うんどう
➡ 毎日運動しています。（每天做運動）
　まいにちうんどう

105 失敗します（失敗）
しっぱい

　三類 失敗する、失敗して、失敗しない
　　　　しっぱい　　しっぱい　　　しっぱい
➡ 実験に失敗します。（實驗失敗）
　じっけん　しっぱい

106 質問します（發問）
しつもん

　三類 質問する、質問して、質問しない
　　　　しつもん　　しつもん　　　しつもん
➡ 先生に質問します。（向老師提問）
　せんせい　しつもん

107 貯金します（存錢）
ちょきん

三類 貯金する、貯金して、貯金しない
ちょきん　　ちょきん　　ちょきん

➡ 毎月３万円貯金しています。（每個月存三萬日幣）
まいつきさんまんえんちょきん

108 招待します（邀請）
しょうたい

三類 招待する、招待して、招待しない
しょうたい　　しょうたい　　しょうたい

➡ 友達を招待します。（邀請朋友）
ともだち　しょうたい

109 輸出します（出口；外銷）
ゆしゅつ

三類 輸出する、輸出して、輸出しない
ゆしゅつ　　ゆしゅつ　　ゆしゅつ

➡ 日本にバナナを輸出します。（把香蕉外銷到日本）
にほん　　　　　　　　　ゆしゅつ

110 輸入します（進口）
ゆにゅう

三類 輸入する、輸入して、輸入しない
ゆにゅう　　ゆにゅう　　ゆにゅう

➡ 日本から車を輸入します。（從日本進口車子）
にほん　　くるま　ゆにゅう

111 翻訳します（翻譯）
ほんやく

三類 翻訳する、翻訳して、翻訳しない
ほんやく　　ほんやく　　ほんやく

➡ 中国語を日本語に翻訳します。（把中文翻成日文）
ちゅうごくご　にほんご　ほんやく

112 発明します（發明）
はつめい

三類 発明する、発明して、発明しない
はつめい　　はつめい　　はつめい

➡ この商品は私が発明しました。（這商品是我發明的）
しょうひん　わたし　はつめい

113 発見します（發現）

三類 発見する、発見して、発見しない

➡ 新しい星を発見しました。（發現新星體）

114 設計します（設計）

三類 設計する、設計して、設計しない

➡ 新しい家を設計します。（設計新房子）

115 入院します（住院）

三類 入院する、入院して、入院しない

➡ 病気で 1 ヶ月入院しました。（因為生病住院了一個月）

TIPS 縮小的「ヶ」，讀作「か」（ka），源自漢字「個」的簡寫「个」。如：1 ヶ月
（一個月）。另外，使用於地名時念作「が」（ga），意為「之」。如：関ヶ原
（關之原）。

116 退院します（出院）

三類 退院する、退院して、退院しない

➡ 昨日退院しました。（昨天出院了）

117 整理します（整理）

三類 整理する、整理して、整理しない

➡ 机の中を整理します。（整理桌子抽屜）

118 世話をします（照顧）

三類 世話をする、世話をして、世話をしない

➡ 犬の世話をします。（照顧狗）

119 びっくりします（驚訝）

三類 びっくりする、びっくりして、びっくりしない

➡ びっくりしました。（嚇我一跳）

120 がっかりします（失望）

三類 がっかりする、がっかりして、がっかりしない

➡ がっかりしました。（失望）

121 安心します（安心；放心）

三類 安心する、安心して、安心しない

➡ 安心してください。（請放心）

122 遅刻します（遲到）

三類 遅刻する、遅刻して、遅刻しない

➡ 遅刻しないでください。（請不要遲到）

123 喧嘩します（吵架）

三類 喧嘩する、喧嘩して、喧嘩しない

➡ 彼氏と喧嘩しています。（跟男朋友吵架中）

124 出発します（出發）

> しゅっぱつ
>
> 三類 出発する、出発して、出発しない
>
> ➡ 台湾を出発します。（從台灣出發）

TIPS 這裡的助詞「を」代表「離開」的意思。

125 到着します（到達；抵達）

> とうちゃく
>
> 三類 到着する、到着して、到着しない
>
> ➡ 日本に到着します。（到達日本）

126 計算します（計算）

> けいさん
>
> 三類 計算する、計算して、計算しない
>
> ➡ 金額を計算します。（計算金額）

127 調節します（調整）

> ちょうせつ
>
> 三類 調節する、調節して、調節しない
>
> ➡ クーラーの温度を調節します。（調整冷氣的溫度）

128 キャンセルします（取消）

> 三類 キャンセルする、キャンセルして、キャンセルしない
>
> ➡ 旅行をキャンセルします。（取消旅行）

129 優勝します（拿冠軍）
ゆうしょう

三類 優勝する、優勝して、優勝しない
ゆうしょう　　ゆうしょう　　ゆうしょう

➡ 台湾が優勝しました。（台灣奪冠）
たいわん　ゆうしょう

130 セットします（設定）

三類 セットする、セットして、セットしない

➡ 目覚まし時計をセットします。（設定鬧鐘）
め ざ　　　とけい

131 入力します（輸入）
にゅうりょく

三類 入力する、入力して、入力しない
にゅうりょく　にゅうりょく　にゅうりょく

➡ 自分の名前を入力します。（輸入自己的名字）
じぶん　なまえ　にゅうりょく

132 緊張します（緊張）
きんちょう

三類 緊張する、緊張して、緊張しない
きんちょう　きんちょう　きんちょう

➡ 緊張しています。（我很緊張）
きんちょう

133 感謝します（感謝）
かんしゃ

三類 感謝する、感謝して、感謝しない
かんしゃ　かんしゃ　かんしゃ

➡ 友人に感謝しています。（我非常感謝朋友）
ゆうじん　かんしゃ

常用形容詞 121 個＋例句

　　本節會介紹日文中 121 個常用的形容詞。複習一下，日文中的形容詞分為「い形容詞」和「な形容詞」，本節 1 ～ 90 為い形容詞，91 ～ 121 為な形容詞，差別是後者修飾名詞時要加上な。

常用い形容詞（1 ～ 90）

1 大<small>おお</small>きい（大的）

　➡ とても大<small>おお</small>きい家<small>いえ</small>（很大的房子）

2 小<small>ちい</small>さい（小的）

　➡ とても小<small>ちい</small>さい家<small>いえ</small>（很小的房子）

3 新<small>あたら</small>しい（新的）

　➡ 新<small>あたら</small>しい本<small>ほん</small>（新書）

4 古<small>ふる</small>い（舊的）

　➡ 古<small>ふる</small>い本<small>ほん</small>（舊書）

5 いい（好的）

➡ いい人（好人）
  ひと

Tips いい的否定型→よくない（不好的）、過去式→よかった、過去否定→よくなかった。

6 悪い（壊）
  わる

➡ 悪い人（壊人）
  わる ひと

7 暑い（熱的）
  あつ

➡ 今日はとても暑いです。（今天很熱）
  きょう   あつ

8 熱い（燙的）
  あつ

➡ このお茶はとても熱いです。（這杯茶很燙）
      ちゃ   あつ

9 寒い（冷的）
  さむ

➡ 今日はとても寒いです。（今天很冷）
  きょう   さむ

10 冷たい（冰的）
   つめ

➡ 冷たい水をください。（請給我冰水）
  つめ みず

11 難しい（困難的）
   むずか

➡ 日本語は難しいです。（日語很難）
  に ほん ご むずか

12 易しい（容易的、簡單的）

➡ この問題は易しいです。（這一題很簡單）

13 高い（貴的；高的）

➡ この時計はとても高いです。（這只手錶很貴）

14 安い（便宜的）

➡ この服はとても安いです。（這件衣服很便宜）

15 低い（矮的、低的）

➡ 彼は背が低いです。（他個子很矮）

16 面白い（有趣）

➡ 彼はとても面白い人です。（他是很有趣的人）

17 おいしい（好吃的）

➡ あのレストランの料理はとてもおいしいです。（那家餐廳的料理很好吃）

18 忙しい（忙碌的）

➡ 彼はいつも忙しいです。（他總是很忙）

19 楽しい（快樂的、開心的）

➡ 旅行は楽しかったですか？（旅遊玩得開心嗎？）

20 白い（白的）

➡ 私は白い服が好きです。（我喜歡白色的衣服）

21 黒い（黑的）

➡ 私は黒い猫を飼っています。（我養黑貓）

22 赤い（紅的）

➡ 赤いペンで書きます。（用紅筆寫）

23 青い（藍的）

➡ 今日は空が青いです。（今天的天空很藍）

24 近い（近的）

➡ 家から会社までとても近いです。（從家到公司很近）

25 遠い（遠）

➡ 家から学校までとても遠いです。（從家到學校很遠）

26 速い（快速的）

➡ 彼は足が速いです。（他跑得很快）

27 早い（早的）

➡ 今年の桜は咲くのが早いです。（今年的櫻花開得很早）

28 遅い（慢的）

➡ 彼は歩くのが遅いです。（他走路走得很慢）

29 多い（很多的）

➡ 今日は人が多いです。（今天人很多）

30 少ない（少的）

➡ 今日は人が少ないです。（今天人很少）

TIPS 少ない的否定型是「少なくない」（不少的）。

31 暖かい／温かい（溫暖的）

➡ 今日はとても暖かいです。（今天很溫暖）

TIPS 「暖かい」多形容天氣和氣候的溫暖，例如「部屋／朝／気候」，相反詞為「寒い」。而「温かい」多形容物品、食物的溫度或是抽象的事物，例如「料理／風呂／空気／性格」，相反詞為「冷たい」。

32 涼しい（涼爽的）

➡ 昨日はとても涼しかったです。（昨天很涼快）

33 甘い（甜的）

➡ このケーキは甘すぎます。（這蛋糕太甜了）

TIPS 文型：い形容詞（去掉い）・な形容詞・動詞ます形（去掉ます）+過ぎる=太〜。如：大変すぎる（太辛苦）、食べすぎる（吃太多）。

34 辛い（辣的）

➡ 韓国料理はとても辛いです。（韓國料理很辣）

35 重い（重的）

➡ この荷物はとても重いです。（這行李很重）

36 軽い（輕的）

➡ 彼女の体重は軽いです。（她的體重很輕）

37 欲しい（想要的）

➡ 彼女が欲しいです。（想交女朋友）

38 寂しい（寂寞的）

➡ 一人で寂しいです。（一個人很寂寞）

TIPS 這裡的「で」代表「狀態」。

39 広い（寬闊的）

➡ この部屋はとても広いです。（這個房間很大）

40 狭い（狹小的）

➡ この部屋はとても狭いです。（這個房間很小）

41 若い（年輕的）

➡ 彼はまだ若いです。（他還年輕）

42 長い（長的）

➡ 象の鼻はとても長いです。（大象的鼻子很長）

43 短い（短的）

➡ 私は短い髪が好きです。（我喜歡短頭髮）

44 明るい（明亮的；開朗的）

➡ 彼女は明るい性格です。（她的個性開朗）

45 暗い（暗的）

➡ この部屋は少し暗いです。（這房間有點暗）

46 背が高い（個子高）

➡ 彼は背が高いです。（他個子高）

47 危ない（危險的）

➡ この川は危ないです。（這條河很危險）

TIPS 否定型＝危なくない（不危險）。

48 痛い（疼痛的）

➡ 歯が痛いです。（牙齒很痛）

49 眠い（睏的、想睡的）

➡ 昨日寝てないのでとても眠いです。（因為昨天沒睡所以很睏）

50 強い（強的）

➡ 今日は風が強いです。（今天風很大）

51 弱い（弱的）

➡ 私のチームは弱いです。（我這隊很弱）

52 調子が良い（狀況很好）

➡ 今日は調子が良いです。（今天狀況很不錯）

53 調子が悪い（狀況不好）

➡ 今日は調子が悪いです。（今天狀況不好）

54 体に良い（對身體好）

➡ 果物は体に良いです。（水果對身體好）

55 凄い（厲害的）

➡ 彼は凄い選手です。（他是很厲害的選手）

56 都合が良い（方便的）

➡ 都合が良い日を教えてください。（請告訴我方便的日子）

57 都合が悪い（不方便的）

➡ 今日はちょっと都合が悪いです。（今天有點不方便）

58 怖い（恐怖的）

➡ この映画は怖いです。（這部電影很恐怖）

59 素晴らしい（很棒的）

➡ あなたは素晴らしいです。（你很棒）

60 優<ruby>優<rt>やさ</rt></ruby>しい（溫柔的）

➡ <ruby>私<rt>わたし</rt></ruby>の<ruby>母<rt>はは</rt></ruby>は<ruby>優<rt>やさ</rt></ruby>しいです。（我媽媽很溫柔）

61 <ruby>偉<rt>えら</rt></ruby>い（了不起的）

➡ <ruby>彼<rt>かれ</rt></ruby>は<ruby>自分<rt>じぶん</rt></ruby>を<ruby>偉<rt>えら</rt></ruby>いと<ruby>思<rt>おも</rt></ruby>っています。（他自以為了不起）

62 ちょうどいい（剛剛好的）

➡ ちょうどいい<ruby>時<rt>とき</rt></ruby>に来ました。（來得剛剛好）

63 <ruby>丸<rt>まる</rt></ruby>い（圓的）

➡ <ruby>地球<rt>ちきゅう</rt></ruby>は<ruby>丸<rt>まる</rt></ruby>いです。（地球是圓的）

64 <ruby>嬉<rt>うれ</rt></ruby>しい（高興的）

➡ お<ruby>会<rt>あ</rt></ruby>いできて<ruby>嬉<rt>うれ</rt></ruby>しいです。（很高興認識您）

65 <ruby>美<rt>うつく</rt></ruby>しい（美的）

➡ <ruby>彼女<rt>かのじょ</rt></ruby>はとても<ruby>美<rt>うつく</rt></ruby>しいです。（她很漂亮）

66 おかしい（怪；好笑）

➡ <ruby>彼<rt>かれ</rt></ruby>の<ruby>性格<rt>せいかく</rt></ruby>はちょっとおかしいです。（他的個性有點怪怪的）

67 うるさい（吵鬧的）

　➡ あの犬はいつもうるさい。（那隻狗總是很吵）

68 細い（細的）

　➡ 彼女の足はとても細い。（她的腿很細）

69 太い（粗的）

　➡ 太いストローをください。（給我粗的吸管）

70 苦い（苦的）

　➡ この薬はとても苦いです。（這個藥很苦）

71 正しい（正確的）

　➡ 彼は正しいと思います。（我覺得他是正確的）

72 珍しい（稀少的）

　➡ この地域には珍しい花があります。（這地區有稀有的花卉）

73 詳しい（詳細的・熟悉的）

　➡ 彼はパソコンに詳しいです。（他對電腦很了解）

74 硬い（硬的）

➡ この果物はすこし硬いです。（這水果有點硬）

75 軟らかい（柔軟的）

➡ 軟らかいパンが好きです。（我喜歡柔軟的麵包）

76 気持ちが良い（舒服〔生理感受〕）

➡ 温泉はとても気持ちが良いです。（溫泉很舒服）

77 気持ちが悪い（不舒服〔生理感受〕）

➡ 飲みすぎて気持ちが悪いです。（喝太多不舒服）

78 大人しい（乖的；溫順的；沉穩的）

➡ この子はとても大人しいです。（這孩子很沉穩）

79 汚い（髒的）

➡ 彼の部屋はいつも汚い。（他的房間總是很髒）

80 悲しい（難過的）

➡ 犬が死んで悲しいです。（因為狗狗死掉很難過）

81 恥ずかしい（害羞的；丟臉的）

➡ 失敗してちょっと恥ずかしいです。（因為失敗覺得有點丟臉）

82 可愛い（可愛的）

➡ 彼女はとても可愛いです。（她很可愛）

83 厚い（厚的）

➡ 厚い本（很厚的書）

84 薄い（薄的）

➡ 薄い本（很薄的書）

85 つまらない（無聊的）

➡ この映画はつまらないです。（這部電影很無聊）

86 細かい（細的；小的）

➡ 字が細かい。（字很小）

87 濃い（濃的）

➡ 味が濃い。（味道濃郁）

88 （濃度が）薄い（淡的）

➡ 味が薄い。（味道很淡）

89 厳しい（嚴格的）

➡ （私の）父はとても厳しいです。（我爸爸很嚴格）

常用な形容詞（90〜121）

90 きれいな（漂亮的；乾淨的）

➡ きれいな景色（漂亮的風景）

TIPS きれい的漢字可以寫作「綺麗」或「奇麗」。

91 静かな（安靜的）

➡ 静かな街（安靜的城市）

92 賑やかな（熱鬧的）

➡ とても賑やかです（非常熱鬧）

93 有名な（有名的）

➡ 彼はとても有名です（他很有名）

94 親切な（體貼的・親切的）

➡ 彼はとても親切な人です。（他是個很親切的人）

95 元気な（有活力的、有精神的）

➡ 元気な子供（很活潑的小孩）

96 暇な（有空閒的）

➡ 暇な時、連絡ください。（有空請跟我聯絡）

97 便利な（方便的）

➡ 便利な機能（很方便的功能）

98 素敵な（優秀的、很棒的）

➡ 素敵なレストランを見つけました。（發現很棒的餐廳）

99 上手な（厲害的）

➡ 彼はテニスが上手です。（他網球打得很好）

100 下手な（不會；不擅長）

➡ 私は料理が下手です。（我不會煮飯）

101 色々な（各式各樣的）

➡ いろいろな種類があります。（有各式各樣的種類）

Tips 「々」讀音跟前面一個字重複，如要單獨打出來的話，可以打「同（dou）」或「同じ（onaji）」。

102 簡単な（簡單的）

➡ この問題は簡単です。（這一題很簡單）

103 大変な（辛苦的）

➡ 大変ですね。（真是辛苦你了）

104 大切な（重要的）

➡ これは大切な本です。（這是很重要的書）

105 丈夫な（耐用的、堅固的）

➡ この携帯は安くて丈夫です。（這手機既便宜又耐用）

106 不便な（不方便的）

➡ 車がないと不便です。（沒有車子很不方便）

107 不思議な（不可思議的；奇怪的）

➡ 不思議な物語（不可思議的故事）

01
生活重要單字250個

108 真面目な（老實的；踏實的）

➡ 主人はとても真面目な人です。（我老公是個很老實的人）

109 心配な（擔心的）

➡ 彼女のことがとても心配です。（非常擔心她）

110 十分な（足夠的）

➡ これだけあれば十分です。（有這些就夠了）

111 楽な（輕鬆的）

➡ 仕事は楽ではありません。（工作一點也不輕鬆）

112 特別な（特別的）

➡ ここは特別な場所です。（這裡是特別的地方）

113 豪華な（豪華的）

➡ 豪華なホテル（豪華的飯店）

114 複雑な（複雜的）

➡ 複雑な気持ち（複雜的心情）

115 必要な（必要的）
ひつよう

➡ 彼は私にとって必要な存在です。（他對我來說是必要的存在）
かれ わたし ひつよう そんざい

116 危険な（危険的）
きけん

➡ この川の近くはとても危険です。（這條河的附近非常危險）
かわ ちか きけん

117 変な（奇怪的）
へん

➡ 変な音が聞こえませんでしたか？（有沒有聽到奇怪的聲音？）
へん おと き

118 幸せな（幸福的）
しあわ

➡ 幸せな二人。（很幸福的兩個人）
しあわ ふたり

119 適当な（隨便的；適當的）
てきとう

➡ 彼は少し適当な人です。（他是個有點大而化之的人）
かれ すこ てきとう ひと

120 安全な（安全的）
あんぜん

➡ ここはとても安全です。（這裡很安全）
あんぜん

121 丁寧な（禮貌的）
ていねい

➡ 丁寧な接客。（有禮貌的服務）
ていねい せっきゃく

✼練✼習✼題✼目✼

❶ 喝啤酒。

答 ビールを飲^のみます。

❷ 搭計程車。

答 タクシーに乗^のります。

❸ 到達機場。

答 空港^{くうこう}に着^つきます。

❹ 房間裡有花。

答 部屋^{へや}に花^{はな}があります。

❺ 打開蓋子。

答 ふたを開^あけます。

❻ 吃烏龍麵。

答 うどんを食べます。

❼ 每天七點起床。

答 毎日七時に起きます。

❽ 我在學校工作。

答 学校で働いています。

❾ 買新的電腦。

答 新しいパソコンを買います。

❿ 在公園休息。

答 公園で休みます（休憩します）。

⓫ 那裡有小貓。

答 あそこに小さい猫（子猫）がいます。

⓬ 這間餐廳的料理很好吃。

答 このレストランの料理<ruby>料理<rt>りょうり</rt></ruby>はとてもおいしいです。

⓭ 今天很忙。

答 <ruby>今日<rt>きょう</rt></ruby>はとても<ruby>忙<rt>いそが</rt></ruby>しいです。

⓮ 我想要車子。

答 <ruby>車<rt>くるま</rt></ruby>が<ruby>欲<rt>ほ</rt></ruby>しいです。

⓯ 她比我高。

答 <ruby>彼女<rt>かのじょ</rt></ruby>は<ruby>私<rt>わたし</rt></ruby>より<ruby>背<rt>せ</rt></ruby>が<ruby>高<rt>たか</rt></ruby>いです。

⓰ 我老公很溫柔。

答 <ruby>私<rt>わたし</rt></ruby>の<ruby>夫<rt>おっと</rt></ruby>（<ruby>主人<rt>しゅじん</rt></ruby>）は<ruby>優<rt>やさ</rt></ruby>しいです。

⓱ 因為今天天氣好，所以很舒服。

答 <ruby>今日<rt>きょう</rt></ruby>は<ruby>天気<rt>てんき</rt></ruby>がいいので、<ruby>気持<rt>きも</rt></ruby>ちがいいです。

⓲ 她很會滑雪（厲害）。

答 彼女<ruby>彼女<rt>かのじょ</rt></ruby>はスキーが<ruby>上手<rt>じょうず</rt></ruby>です。

⓳ 那個老師很嚴格。

答 あの<ruby>先生<rt>せんせい</rt></ruby>は<ruby>厳<rt>きび</rt></ruby>しいです。

⓴ 她對植物很了解。

答 <ruby>彼女<rt>かのじょ</rt></ruby>は<ruby>植物<rt>しょくぶつ</rt></ruby>に<ruby>詳<rt>くわ</rt></ruby>しいです。

本書的重點是希望讀者可以更加熟悉日文的日常對話。在練習會話之前，我想請讀者先複習一下 2-1 的「動詞基本句型 35 個」，讓你可以輕鬆表達自己的意思。大部分句型在上一本書都教過了，本章會著重在複習與統整。

| 本章學習重點 |

❶ 對於動詞變化還不太熟悉的讀者，請複習上一本書。

❷ 2-1 會學到生活常用的 35 個動詞基本句型Ｘ4 個例句。

❸ 剛開始先多看例句了解語感，之後也要試著自己造句看看。

LESSON

02

動詞基本句型35個×4例句

讓你表達自己想說的意思

動詞基本句型 35 個 × 4 例句

　　本節主要是複習上一本書教過的句型，並加上 4 個造句練習。這是基礎日文最常見的 35 個句型，所以一定要練習到倒背如流唷。

1 ます形＋ませんか？ ➡ 要不要 V？（表達邀約）

❶ 要不要一起回去？（帰ります）
➡（一緒に）帰りませんか？

❷ 要不要一起玩？（遊びます）
➡（一緒に）遊びませんか？

❸ 要不要一起吃午餐？（食べます）
➡（一緒に）お昼ご飯を食べませんか？

❹ 要不要一起看電影？（見ます）
➡（一緒に）映画を見ませんか？

2 ます形＋ましょう ➡ 一起 V 吧！（表達邀約）

❶ 一起去吧！（行きます）
➡（一緒に）行きましょう！！

❷一起唱歌吧！（歌<ruby>う<rt>うた</rt></ruby>います）

➡（<ruby>一緒に<rt>いっしょ</rt></ruby>）<ruby>歌<rt>うた</rt></ruby>いましょう！！

❸一起喝酒吧！（<ruby>飲<rt>の</rt></ruby>みます）

➡（<ruby>一緒に<rt>いっしょ</rt></ruby>）<ruby>飲<rt>の</rt></ruby>みましょう！！

❹一起來做吧！（します）

➡（<ruby>一緒に<rt>いっしょ</rt></ruby>）しましょう！！

3 ます形＋ましょうか？ ➡ 要不要幫你 V ？

❶要不要幫你開窗戶？（<ruby>開<rt>あ</rt></ruby>けます）

➡<ruby>窓<rt>まど</rt></ruby>を<ruby>開<rt>あ</rt></ruby>けましょうか？

❷要不要幫你打掃房間？（<ruby>掃除<rt>そうじ</rt></ruby>します）

➡<ruby>部屋<rt>へや</rt></ruby>を<ruby>掃除<rt>そうじ</rt></ruby>しましょうか？

❸要不要幫你買早餐？（<ruby>買<rt>か</rt></ruby>います）

➡<ruby>朝<rt>あさ</rt></ruby>ごはんを<ruby>買<rt>か</rt></ruby>いましょうか？

❹要不要幫你關冷氣？（<ruby>消<rt>け</rt></ruby>します）

➡クーラーを<ruby>消<rt>け</rt></ruby>しましょうか？

4 ます形＋たい ➡ 想V

❶我想去日本。（<ruby>行<rt>い</rt></ruby>きます）

➡<ruby>日本<rt>にほん</rt></ruby>へ<ruby>行<rt>い</rt></ruby>きたいです。

❷ 我想看電影。（見ます）
➡ 映画を見たいです。

❸ 我想吃蛋糕。（食べます）
➡ ケーキを食べたいです。

❹ 我想喝咖啡。（飲みます）
➡ コーヒーを飲みたいです。

5 ます形＋ながら ➡ 一邊V

❶ 一邊聽音樂一邊學習。（聴きます）
➡ 音楽を聴きながら勉強します。

❷ 一邊看電視一邊吃飯。（見ます）
➡ テレビを見ながらご飯を食べます。

❸ 一邊走路一邊聊天。（歩きます）
➡ 歩きながら話します。

❹ 一邊彈吉他一邊唱歌。（弾きます）
➡ ギターを弾きながら歌を歌います。

6 ます形＋やすい・にくい ➡ 容易（很好）V；不容易（很難）V

❶ 老師的課很好懂。（分かります）
➡ 先生の授業は分かりやすいです。

❷這支筆很好寫。（書_かきます）
➡ このペンは書_かきやすいです。

❸這椅子不容易壞掉。（壊_{こわ}れます）
➡ この椅子_{いす}は壊_{こわ}れにくいです。

❹這手機很難用。（使_{つか}います）
➡ この携帯_{けいたい}は使_{つか}いにくいです。

7 ます形＋飽_あきる ➡ Ｖ膩了

❶草莓已經吃膩了。（食_たべます）
➡ いちごは（もう）食_たべ飽_あきました。

❷這部電影已經看膩了。（見_みます）
➡ この映画_{えいが}は（もう）見_み飽_あきました。

❸那件事情已經聽膩了。（聞_ききます）
➡ その話_{はなし}は（もう）聞_きき飽_あきました。

❹這遊戲已經玩膩了。（遊_{あそ}びます）
➡ このゲームは（もう）遊_{あそ}び飽_あきました。

8 ます形＋始_{はじ}める・終_おわる ➡ 開始Ｖ；Ｖ完

❶開始下雨了。（降_ふります）
➡ 雨_{あめ}が降_ふり始_{はじ}めました。

❷ 終於開始講話了。（話します）
➡ やっと話し始めました。

❸ 已經看完那本書了。（読みます）
➡ その本は（もう）読み終わりました。

❹ 寫完了嗎？（書きます）
➡ 書き終わりましたか？

9 ます形＋心地がいい・心地が悪い ➡ V起來舒服；V起來不舒服

❶ 這個椅子坐起來很舒服。（座ります）
➡ この椅子は座り心地がいいです。

❷ 這雙鞋子穿起來很舒服。（履きます）
➡ この靴は履き心地がいいです。

❸ 這件衣服穿起來不舒服。（着ます）
➡ この服は着心地が悪いです。

❹ 這個電車搭起來不舒服。（乗ります）
➡ この電車は乗り心地が悪いです。

TIPS 「心地」本來念作「ここち」，但前面有單字時，念法會變成「ごこち」。

10 て形＋ください ➡ 請你V

❶ 請坐。（座ります ➡ 座って）
➡ 座ってください。

❷ 請等一下。（待ちます ➡ 待って）
➡ ちょっと待ってください。

❸ 請看這裡。（見ます ➡ 見て）
➡ ここを見てください。

❹ 請你列印這個。（コピーします ➡ コピーして）
➡ これをコピーしてください。

11 て形＋います ➡ 在V當中；持續的狀態

❶ 我在吃飯。（食べます ➡ 食べて）
➡ ごはんを食べています。

❷ 你在做什麼？（します ➡ して）
➡ 何をしていますか？

❸ 我在看電視。（見ます ➡ 見て）
➡ テレビを見ています。

❹ 我已經結婚了。（します ➡ して）
➡ （私は）結婚しています。

12 て形＋もいいですか？ ➡ 可以Ｖ嗎？（徵求許可）

❶ 可以休息嗎？（休^{やす}みます ➡ 休^{やす}んで）
➡ 休^{やす}んでもいいですか？

❷ 可以回家嗎？（帰^{かえ}ります ➡ 帰^{かえ}って）
➡ 帰^{かえ}ってもいいですか？

❸ 可以抽菸嗎？（吸^すいます ➡ 吸^すって）
➡ たばこを吸^すってもいいですか？

❹ 可以拍照嗎？（撮^とります ➡ 撮^とって）
➡ 写真^{しゃしん}を撮^とってもいいですか？

13 て形＋はいけません ➡ 不可以Ｖ（表達禁止）

❶ 不可以喝酒（飲^のみます ➡ 飲^のんで）
➡ お酒^{さけ}を飲^のんではいけません。

❷ 不可以進去。（入^{はい}ります ➡ 入^{はい}って）
➡ 入^{はい}ってはいけません。

❸ 不可以說。（言^いいます ➡ 言^いって）
➡ 言^いってはいけません。

❹ 不可以拍照。（撮^とります ➡ 撮^とって）
➡ 写真^{しゃしん}を撮^とってはいけません。

14 て形＋から ➡ Ｖ之後

❶ 刷完牙之後睡覺。（磨きます ➡ 磨いて）
➡ 歯を磨いてから寝ます。

❷ 洗手之後吃飯。（洗います ➡ 洗って）
➡ 手を洗ってからごはんを食べます。

❸ 吃完飯之後學習。（食べます ➡ 食べて）
➡ ごはんを食べてから勉強します。

❹ 看完電影之後去朋友家。（見ます ➡ 見て）
➡ 映画を見てから友達の家へ行きます。

15 まだ＋て形＋否定 ➡ 還沒Ｖ

❶ 還沒吃飯。（食べます ➡ 食べて）
➡ まだ（ごはんを）食べていません。

❷ 還沒寫作業。（します ➡ して）
➡ まだ宿題をしていません。

❸ 還沒結婚。（します ➡ して）
➡ まだ結婚していません。

❹ 還沒看。（見ます ➡ 見て）
➡ まだ見ていません。

16 て形＋しまいます ➡ 完了；不小心；遺憾

❶ 讀完這本書了。(読^よみます ➡ 読^よんで)
➡ この本^{ほん}は読^よんでしまいました。(完了)

❷ 不小心遲到了。(します ➡ して)
➡ 遅刻^{ちこく}してしまいました。(不小心)

❸ 電腦壞掉了。(壊^{こわ}れます ➡ 壊^{こわ}れて)
➡ パソコンが壊^{こわ}れてしまいました。(遺憾)

❹ 不小心把錢包弄丟了。(落^おとします ➡ 落^おとして)
➡ 財布^{さいふ}を落^おとしてしまいました。(不小心)

17 て形＋ほしい ➡ 希望V

❶ 希望你來。(来^きます ➡ 来^きて)
➡ (あなたに)来^きてほしいです。

❷ 希望你贏。(勝^かちます ➡ 勝^かって)
➡ 勝^かってほしいです。

❸ 希望下雨。(降^ふります ➡ 降^ふって)
➡ 雨^{あめ}が降^ふってほしいです。

❹ 希望你教我日語。(教^{おし}えます ➡ 教^{おし}えて)
➡ 日本語^{にほんご}を教^{おし}えてほしいです。

18 ない形＋でください ➡ 請不要 V

❶ 請不要抽菸。（吸います ➡ 吸わない）
➡ たばこを吸わないでください。

❷ 請不要說。（言います ➡ 言わない）
➡ 言わないでください。

❸ 請不要忘記。（忘れます ➡ 忘れない）
➡ 忘れないでください。

❹ 請不要拍照。（撮ります ➡ 撮らない）
➡ 写真を撮らないでください。

19 ない形＋なければなりません ➡ 必須 V

❶ 明天必須工作。（働きます ➡ 働かない）
➡ 明日働かなければなりません。

❷ 每天必須吃藥。（飲みます ➡ 飲まない）
➡ 毎日薬を飲まなければなりません。

❸ 明天必須來。（来ます ➡ 来ない）
➡ 明日来なければなりません。

❹ 明天必須７點起床。（起きます ➡ 起きない）
➡ 明日七時に起きなければなりません。

20 ない形＋なくてもいいです　➡　不用 V

❶ 今天不用工作。（働きます ➡ 働かない）
➡ 今日は働かなくてもいいです。

❷ 不用說。（言います ➡ 言わない）
➡ 言わなくてもいいです。

❸ 不用付錢。（払います ➡ 払わない）
➡ お金を払わなくてもいいです。

❹ 明天不用來。（来ます ➡ 来ない）
➡ 明日来なくてもいいです。

21 辭書形＋ことができます　➡　會 V；能 V

❶ 我會講日文。（話します ➡ 話す）
➡（私は）日本語を話すことができます。

❷ 我會游泳。（泳ぎます ➡ 泳ぐ）
➡（私は）泳ぐことができます。

❸ 我會彈鋼琴。（弾きます ➡ 弾く）
➡ 私はピアノを弾くことができます。

❹ 這裡可以買票。（買います ➡ 買う）
➡ ここで切符を買うことができます。

22 辭書形＋ことです ➡ Ｖ這件事（將動詞變成名詞）

❶ 我的興趣是看電影。（見ます ➡ 見る）
➡ 私の趣味は映画を見ることです。

❷ 我的興趣是聽音樂。（聴きます ➡ 聴く）
➡ 私の趣味は音楽を聴くことです。

❸ 我喜歡吃東西。（食べます ➡ 食べる）
➡ 私は食べることが好きです。

❹ 我喜歡喝酒。（飲みます ➡ 飲む）
➡ 私はお酒を飲むことが好きです。

23 辭書形＋と〜 ➡ 一Ｖ就會〜

❶ 按這個鈕聲音就會變大。（押します ➡ 押す）
➡ このボタンを押すと音が大きくなります。

❷ 左轉就會有郵局。（曲がります ➡ 曲がる）
➡ 左へ曲がると郵便局があります。

❸ 一喝酒就會想睡覺。（飲みます ➡ 飲む）
➡ お酒を飲むと眠くなります。

❹ 多吃就會變胖。（食べます ➡ 食べる）
➡ たくさん食べると太ります。

24 た形＋ことがあります ➡ V過（表達有過經驗）

❶ 我去過日本。（行<ruby>き<rt>い</rt></ruby>ます ➡ <ruby>行<rt>い</rt></ruby>った）
➡ <ruby>日本<rt>にほん</rt></ruby>へ <ruby>行<rt>い</rt></ruby>ったことがあります。

❷ 我看過這部電影。（<ruby>見<rt>み</rt></ruby>ます ➡ <ruby>見<rt>み</rt></ruby>た）
➡ この<ruby>映画<rt>えいが</rt></ruby>は <ruby>見<rt>み</rt></ruby>たことがあります。

❸ 我見過她。（<ruby>会<rt>あ</rt></ruby>います ➡ <ruby>会<rt>あ</rt></ruby>った）
➡ <ruby>彼女<rt>かのじょ</rt></ruby>に <ruby>会<rt>あ</rt></ruby>ったことがあります。

❹ 我學過日語。（します ➡ した）
➡ <ruby>日本語<rt>にほんご</rt></ruby>を <ruby>勉強<rt>べんきょう</rt></ruby>したことがあります。

25 た形＋り、た形＋り＋します ➡ V啊V啊等等（動作的舉例）

❶ 昨天我有寫功課、看電影等等。（します ➡ した；<ruby>見<rt>み</rt></ruby>ます ➡ <ruby>見<rt>み</rt></ruby>た）
➡ <ruby>昨日<rt>きのう</rt></ruby>は <ruby>宿題<rt>しゅくだい</rt></ruby>をしたり、<ruby>映画<rt>えいが</rt></ruby>を <ruby>見<rt>み</rt></ruby>たりしました。

❷ 休假時我會睡覺、看書等等。（<ruby>寝<rt>ね</rt></ruby>ます ➡ <ruby>寝<rt>ね</rt></ruby>た；<ruby>読<rt>よ</rt></ruby>みます ➡ <ruby>読<rt>よ</rt></ruby>んだ）
➡ <ruby>休<rt>やす</rt></ruby>みの <ruby>日<rt>ひ</rt></ruby>は <ruby>寝<rt>ね</rt></ruby>たり、<ruby>本<rt>ほん</rt></ruby>を <ruby>読<rt>よ</rt></ruby>んだりします。

❸ 暑假我會去旅遊、打網球等等。（行<ruby>き<rt>い</rt></ruby>ます ➡ <ruby>行<rt>い</rt></ruby>った；します ➡ した）
➡ <ruby>夏休<rt>なつやす</rt></ruby>みは <ruby>旅行<rt>りょこう</rt></ruby>へ <ruby>行<rt>い</rt></ruby>ったり、テニスをしたりします。

❹ 晚上我會聽音樂、玩遊戲等等。（<ruby>聴<rt>き</rt></ruby>きます ➡ <ruby>聴<rt>き</rt></ruby>いた；します ➡ した）
➡ <ruby>夜<rt>よる</rt></ruby>は <ruby>音楽<rt>おんがく</rt></ruby>を <ruby>聴<rt>き</rt></ruby>いたり、ゲームをしたりします。

26 意向形＝ましょう ➡ 一起Ｖ吧（表達邀約）

❶ 一起吃飯吧。（食_たべます ➡ 食_たべよう）
➡ （一緒_{いっしょ}に）食_たべよう！！

❷ 一起看電影吧。（見_みます ➡ 見_みよう）
➡ （一緒_{いっしょ}に）映画_{えいが}を見_みよう！！

❸ 一起回家吧。（帰_{かえ}ります ➡ 帰_{かえ}ろう）
➡ 一緒_{いっしょ}に帰_{かえ}ろう！！

❹ 一起玩吧。（遊_{あそ}びます ➡ 遊_{あそ}ぼう）
➡ 一緒_{いっしょ}に遊_{あそ}ぼう！！

27 意向形＋としたら ➡ 正要Ｖ，就〜

❶ 正要睡覺的時候，朋友來了。（寝_ねます ➡ 寝_ねよう）
➡ 寝_ねようとしたら、友達_{ともだち}が来_きました。

❷ 正要出門時，就開始下雨了。（出_でかけます ➡ 出_でかけよう）
➡ 出_でかけようとしたら、雨_{あめ}が降_ふり始_{はじ}めました。

❸ 正要回家時，被部長叫去了。（帰_{かえ}ります ➡ 帰_{かえ}ろう）
➡ 帰_{かえ}ろうとしたら、部長_{ぶちょう}に呼_よばれました。

❹ 正要吃飯的時候，發生地震了。（食_たべます ➡ 食_たべよう）
➡ ごはんを食_たべようとしたら、地震_{じしん}が起_おこりました。

28 意向形＋かな？ ➡ 我要 V 什麼好呢？

❶ 今天我要做什麼好呢？（します ➡ しよう）
➡ 今日は何をしようかな？

❷ 我要看哪一部電影好呢？（見ます ➡ 見よう）
➡ どの映画を見ようかな？

❸ 我要吃什麼好呢？（食べます ➡ 食べよう）
➡ 何を食べようかな？

❹ 暑假我要去哪裡好呢？（行きます ➡ 行こう）
➡ 夏休みはどこへ行こうかな？

29 可能動詞＝辞書形＋ことができます ➡ 會 V；能 V

❶ 我會彈鋼琴。（弾きます ➡ 弾けます）
➡ （私は）ピアノが弾けます。

❷ 我會講日文。（話します ➡ 話せます）
➡ （私は）日本語が話せます。

❸ 我會游泳。（泳ぎます ➡ 泳げます）
➡ （私は）泳げます。

❹ 這間店能刷卡。（使います→使えます）
➡ この店はクレジットカードが使えます。

30 受身動詞 ➡ 被 V

❶ 我被媽媽罵了。（怒<ruby>り<rt>おこ</rt></ruby>ます ➡ 怒<ruby><rt>おこ</rt></ruby>られます）
➡（<ruby>私<rt>わたし</rt></ruby>は）<ruby>母<rt>はは</rt></ruby>に<ruby>怒<rt>おこ</rt></ruby>られました。

❷ 我被老師讚美了。（<ruby>褒<rt>ほ</rt></ruby>めます ➡ <ruby>褒<rt>ほ</rt></ruby>められます）
➡（<ruby>私<rt>わたし</rt></ruby>は）<ruby>先生<rt>せんせい</rt></ruby>に<ruby>褒<rt>ほ</rt></ruby>められました。

❸ 我被騙了。（<ruby>騙<rt>だま</rt></ruby>します ➡ <ruby>騙<rt>だま</rt></ruby>されます）
➡（<ruby>私<rt>わたし</rt></ruby>は）<ruby>騙<rt>だま</rt></ruby>されました。

❹ 錢包被偷走了。（<ruby>盗<rt>ぬす</rt></ruby>みます ➡ <ruby>盗<rt>ぬす</rt></ruby>まれます）
➡ <ruby>財布<rt>さいふ</rt></ruby>を<ruby>盗<rt>ぬす</rt></ruby>まれました。

31 使役動詞 ➡ 讓人 V

❶ 我讓他去了。（<ruby>行<rt>い</rt></ruby>きます ➡ <ruby>行<rt>い</rt></ruby>かせます）
➡（<ruby>私<rt>わたし</rt></ruby>は）<ruby>彼<rt>かれ</rt></ruby>に<ruby>行<rt>い</rt></ruby>かせました。

❷ 我讓孩子吃藥了。（<ruby>飲<rt>の</rt></ruby>みます ➡ <ruby>飲<rt>の</rt></ruby>ませます）
➡（<ruby>私<rt>わたし</rt></ruby>は）<ruby>子供<rt>こども</rt></ruby>に<ruby>薬<rt>くすり</rt></ruby>を<ruby>飲<rt>の</rt></ruby>ませました。

❸ 我讓女兒學日語。（<ruby>勉強<rt>べんきょう</rt></ruby>します ➡ <ruby>勉強<rt>べんきょう</rt></ruby>させます）
➡（<ruby>私<rt>わたし</rt></ruby>は）<ruby>娘<rt>むすめ</rt></ruby>に<ruby>日本語<rt>にほんご</rt></ruby>を<ruby>勉強<rt>べんきょう</rt></ruby>させます。

❹ 我讓小孩子吃蔬菜。（<ruby>食<rt>た</rt></ruby>べます ➡ <ruby>食<rt>た</rt></ruby>べさせます）
➡（<ruby>私<rt>わたし</rt></ruby>は）<ruby>子供<rt>こども</rt></ruby>に<ruby>野菜<rt>やさい</rt></ruby>を<ruby>食<rt>た</rt></ruby>べさせます。

[32] 使役受身形 ➡ 被逼著做 V

❶ 我被爸爸逼著打掃房間了。（掃除します ➡ 掃除<ruby>さ<rt>そうじ</rt></ruby>せられます）
➡（<ruby>私<rt>わたし</rt></ruby>は）<ruby>父<rt>ちち</rt></ruby>に<ruby>部屋<rt>へや</rt></ruby>を<ruby>掃除<rt>そうじ</rt></ruby>させられました。

❷ 我被媽媽逼著吃蔬菜了。（<ruby>食<rt>た</rt></ruby>べます ➡ <ruby>食<rt>た</rt></ruby>べさせられます）
➡（<ruby>私<rt>わたし</rt></ruby>は）<ruby>母<rt>はは</rt></ruby>に<ruby>野菜<rt>やさい</rt></ruby>を<ruby>食<rt>た</rt></ruby>べさせられました。

❸ 被媽媽逼著學日語了。（<ruby>勉強<rt>べんきょう</rt></ruby>します ➡ <ruby>勉強<rt>べんきょう</rt></ruby>させられます）
➡（<ruby>私<rt>わたし</rt></ruby>は）<ruby>母<rt>はは</rt></ruby>に<ruby>日本語<rt>にほんご</rt></ruby>を<ruby>勉強<rt>べんきょう</rt></ruby>させられました。

❹ 我被老師逼著寫作文了。（<ruby>書<rt>か</rt></ruby>きます ➡ <ruby>書<rt>か</rt></ruby>かせられます）
➡（<ruby>私<rt>わたし</rt></ruby>は）<ruby>先生<rt>せんせい</rt></ruby>に<ruby>作文<rt>さくぶん</rt></ruby>を<ruby>書<rt>か</rt></ruby>かせられました。

[33] 假定形 ➡ 如果 V 的話～

❶ 如果下雨的話，比賽會中止。（<ruby>降<rt>ふ</rt></ruby>ります ➡ <ruby>降<rt>ふ</rt></ruby>れば）
➡（もし）<ruby>雨<rt>あめ</rt></ruby>が<ruby>降<rt>ふ</rt></ruby>れば、<ruby>試合<rt>しあい</rt></ruby>は<ruby>中止<rt>ちゅうし</rt></ruby>です。

❷ 如果她來的話，我也會去。（<ruby>来<rt>き</rt></ruby>ます ➡ <ruby>来<rt>く</rt></ruby>れば）
➡（もし）<ruby>彼女<rt>かのじょ</rt></ruby>が<ruby>来<rt>く</rt></ruby>れば、<ruby>私<rt>わたし</rt></ruby>も<ruby>行<rt>い</rt></ruby>きます。

❸ 如果吃這個藥，會變好。（<ruby>飲<rt>の</rt></ruby>みます ➡ <ruby>飲<rt>の</rt></ruby>めば）
➡ この<ruby>薬<rt>くすり</rt></ruby>を<ruby>飲<rt>の</rt></ruby>めば、よくなります。

❹ 如果按這個鈕，門就會打開。（<ruby>押<rt>お</rt></ruby>します ➡ <ruby>押<rt>お</rt></ruby>せば）
➡ このボタンを<ruby>押<rt>お</rt></ruby>せば、ドアが<ruby>開<rt>あ</rt></ruby>きます。

34 命令形 ➡ 你給我Ｖ！

❶ 你給我站住！（止まります ➡ 止まれ）
➡ 止まれ！

❷ 你給我站起來！（立ちます ➡ 立て）
➡ 立て！

❸ 把錢拿出來！（出します ➡ 出せ）
➡ 金を出せ！

❹ 你給我過來！（来ます ➡ 来い）
➡ 来い！

35 禁止形 ➡ 不准Ｖ

❶ 不准抽菸！（吸います ➡ 吸うな）
➡ たばこを吸うな！

❷ 絕對不准說！（言います ➡ 言うな）
➡ 絶対に言うな！

❸ 不准喝酒！（飲みます ➡ 飲むな）
➡ お酒を飲むな！

❹ 不准碰！（触ります→触るな）
➡ 触るな！

❀練❀習❀題❀目❀

❶我有去過日本。

➡ 日本へ＿＿＿＿＿＿＿＿ことがあります。　　　　　　答 行った

❷不小心遲到了。

➡ ＿＿＿＿＿＿＿＿しまいました。　　　　　　　　　答 遅刻して

❸突然下起雨來了。

➡ 雨が＿＿＿＿＿＿＿＿だしました。　　　　　　　　答 降り

❹可以打開這個箱子嗎？

➡ この箱を＿＿＿＿＿＿＿＿もいいですか？　　　　　答 開けて

❺睡覺前要刷牙。

➡ ＿＿＿＿＿＿＿＿前に歯を磨きます。　　　　　　　答 寝る

❻雨停了。

➡ 雨が＿＿＿＿＿＿＿＿＿＿＿＿＿。　　　　　　　　答 やみました

❼ 看完電視之後寫功課。

➡ テレビを＿＿＿＿＿＿から宿題をします。　　　　　　　　　　答 見て

❽ 打算明年要去留學。

➡ 来年＿＿＿＿＿＿つもりです。　　　　　　　　　　　　　　答 留学する

❾ 要不要幫你拿行李？

➡ 荷物を＿＿＿＿＿＿ましょうか？　　　　　　　　　　　　　答 持ち

❿ 謝謝你特地過來。

➡ わざわざ＿＿＿＿＿＿くれてありがとう。　　　　　　　　　答 来て

⓫ 我喜歡看小說。

➡ 小説を＿＿＿＿＿＿のが好きです。　　　　　　　　　　　　答 読む

⓬ 我會彈鋼琴。

➡ ピアノが＿＿＿＿＿＿。　　　　　　　　　　　　　　　　　答 弾けます

TIPS 可能動詞所搭配的助詞是「が」。

⓭ 正要出去。

➡ ちょうど＿＿＿＿＿＿ところです。　　　　　　　　　　　　答 出かける

❶❹ 不可以進去這個房間。

➡ この部屋に＿＿＿＿＿＿＿＿はいけません。　　　　　　　　答 入って

❶❺ 這個椅子坐起來很舒服。

➡ この椅子は＿＿＿＿＿＿＿＿心地がいいです。　　　　　　答 座り

❶❻ 我想去看看北海道。

➡ 北海道へ＿＿＿＿＿＿＿＿みたいです。　　　　　　　　　　答 行って

❶❼ 現在正在吃飯。

➡ 今、ご飯を＿＿＿＿＿＿＿＿います。　　　　　　　　　　　答 食べて

❶❽ 這個手機很難用。

➡ このスマホは＿＿＿＿＿＿＿＿にくいです。　　　　　　　　答 使い

❶❾ 我收到朋友送給我的禮物。

➡ 友達にプレゼントを＿＿＿＿＿＿＿＿。　　　　　　　　　　答 もらいました

❷⓿ 我會一邊聽音樂一邊睡覺。

➡ 音楽を＿＿＿＿＿＿＿＿ながら寝ます。　　　　　　　　　　答 聞き

❷❶ 這條路直直走就會有超商。

➡ この道をまっすぐ＿＿＿＿＿＿＿＿と、コンビニがあります。　答 行く

㉒ 因為今天是星期日，所以路上塞車。

➡ 今日は日曜日なので道が＿＿＿＿＿＿。　　　　　　　　　答 混んでいます

㉓ 希望你教我日語。

➡ 私に日本語を＿＿＿＿＿＿欲しいです。　　　　　　　　答 教えて

㉔ 休假時，我會打網球或散步等等。

➡ 休みの日はテニスを＿＿＿＿たり、散歩＿＿＿＿たりします。　答 し；し

㉕ 我的興趣是聽音樂。

➡ 趣味は音楽を＿＿＿＿＿＿ことです。　　　　　　　　　答 聞く

㉖ 被老師罵了。

➡ 先生に＿＿＿＿＿＿＿＿＿＿。　　　　　　　　　　　答 怒られました

㉗ 我不想見他。

➡ 彼に＿＿＿＿＿＿ありません。　　　　　　　　　　　答 会いたく

㉘ 如果寫完，就可以回家喔。

➡ ＿＿＿＿＿＿終わったら、帰ってもいいですよ。　　　　答 書き

㉙ 早一點睡覺比較好喔。

➡ 早く＿＿＿＿＿＿ほうがいいですよ。　　　　　　　　　答 寝た

㉚ 椅子上有一隻貓。

➡ 椅子の上に猫が一匹＿＿＿＿＿＿＿。   答 います

㉛ 睡覺前必須要吃藥。

➡ 寝る前に薬を＿＿＿＿＿＿＿＿＿＿＿＿。   答 飲まなければなりません

㉜ 最近變涼快了。

➡ 最近＿＿＿＿＿＿＿なりました。   答 涼しく

㉝ 我打算不參加婚禮。

➡ 結婚式に＿＿＿＿＿＿＿つもりです。   答 出席しない；参加しない

㉞ 錢包裡面只有 100 日幣。

➡ 財布に１００円＿＿＿＿＿＿＿ありません。

答 しか

㉟ 感覺快要下雨了。

➡ 雨が＿＿＿＿＿＿＿そうです。

答 降り

㊱ 你有養狗嗎？

➡ 犬を＿＿＿＿＿＿＿いますか？

答 飼って

㊲ 看起來好好吃喔。

➡ ＿＿＿＿＿＿＿ですね。   答 おいしそう

㊳ 我決定明天開始減肥。

➡ 明日<ruby>あした<rt></rt></ruby>からダイエットを＿＿＿＿＿＿ことにしました。　　　答 する

㊴ 我剛到而已。

➡ さっき＿＿＿＿＿＿ところです。　　　答 着<ruby>つ<rt></rt></ruby>いた

㊵ 因為今天是雨天，所以帶雨傘去。

➡ 今日<ruby>きょう<rt></rt></ruby>は＿＿＿＿＿＿ので傘<ruby>かさ<rt></rt></ruby>を持<ruby>も<rt></rt></ruby>って行<ruby>い<rt></rt></ruby>きます。　　　答 雨<ruby>あめ<rt></rt></ruby>な

㊶ 我打算要報名日語檢定。

➡ 日本語検定<ruby>にほんごけんてい<rt></rt></ruby>に＿＿＿＿＿＿と思<ruby>おも<rt></rt></ruby>っています。　　　答 申<ruby>もう<rt></rt></ruby>し込<ruby>こ<rt></rt></ruby>もう

㊷ 從這裡可以看到海。

➡ ここから海<ruby>うみ<rt></rt></ruby>が＿＿＿＿＿＿。　　　答 見<ruby>み<rt></rt></ruby>えます

㊸ 今天要吃什麼好呢？

➡ 今日<ruby>きょう<rt></rt></ruby>は何<ruby>なに<rt></rt></ruby>を＿＿＿＿＿＿かな？　　　答 食<ruby>た<rt></rt></ruby>べよう

㊹ 我媽很會做料理。

➡（わたしの）母<ruby>はは<rt></rt></ruby>は料理<ruby>りょうり<rt></rt></ruby>＿＿＿＿上手<ruby>じょうず<rt></rt></ruby>です。　　　答 が

㊺ 我住在神戶。

➡ 神戸<ruby>こうべ<rt></rt></ruby>＿＿＿＿住<ruby>す<rt></rt></ruby>んでいます。　　　答 に

❹❻ 我想當老師。

➡ 先生_____なりたいです。　　　　　　　　　答 に

❹❼ 請大家安靜。

➡ _____してください。　　　　　　　答 静かに

❹❽ 今天什麼都還沒吃。

➡ 今日はまだ何も_____。　　答 食べていません

❹❾ 要不要幫你泡茶？

➡ お茶を_____？　　　　　　答 入れましょうか

❺⓪ 我媽叫弟弟打掃房間了。

➡ 母は弟に部屋の掃除を_____。　答 させました

日文會話特徵之解釋

教科書跟實際會話哪裡不一樣呢？

這堂課的重點是日文會話特徵之解釋。讀者是否常常覺得課本裡的日語跟實際聽到的日語不太一樣呢？差異之大常常會導致聽不懂或無法說出口。這是因為課本教的是最基礎的說法，而口語對話時常常會省略助詞或是採用口語特有的說法。例如以下兩組例句就是常常出現的差異，本章就是想讓讀者理解並學會將教科書日語轉換成日常的日語。

【你要去哪裡呢？】
❶ どこへ行きますか？（課本教的）
❷ どこへ行くんですか？（實際會話）
❸ どこ行くの？（跟朋友對話）

【必須要去】
❶ 行かなければなりません（課本教的）
❷ 行かなきゃ（實際會話）

本章學習重點
❶ 普通體、丁寧體和敬語的差別。
❷ 學習會話常出現的「～んです」用法。
❸ 實際會話特有的用法（省略助詞等）。

3-1 朋友間的講話方式「普通體」怎麼用？

　　複習一下日文中的三大格式，根據說話的對象，分別是普通體、丁寧體和敬語。普通體是直接的說法，使用對象是家人或親朋好友；丁寧體是客氣的說法，對象是同事或不熟的人（教科書上都是最先教丁寧體）；敬語（尊敬語＋謙讓語）是非常客氣的說法，對象是客戶、上司或服務業接待客人等場合。通常越禮貌的說法句子會越長越繁複，越親暱的說法則越簡短。另外，普通體也習慣省略部分助詞。

> 例 你要吃什麼？
> 普通體：何（を）食べる？（好朋友）
> 丁寧體：何を食べますか？（同事）
> 尊敬語：何を召し上がりますか？（客戶或服務業）

　　有學生問我，普通體和丁寧體如果用錯會怎樣？其實，只要對方知道你是外國人，通常不會太在意。但普通體是真的關係很好才會用到，所以讀者一開始還是盡量使用丁寧體，然後注意聽對方的講話方式，再慢慢改成普通體，這樣會比較好。

「普通體」怎麼用？將語尾從丁寧形 ➡ 普通形

　　複習一下如何將「ます形」轉換成「普通形」，其變化的方法分為：動詞、い形容詞、な形容詞和名詞。分別介紹如下：

	【動詞ます形】		【動詞普通形】
現在・未來	行きます	➡	行く
否定	行きません	➡	行かない
過去式	行きました	➡	行った
過去否定	行きませんでした	➡	行かなかった

	【い形容詞丁寧形】		【い形容詞普通形】
現在・未來	おいしいです	➡	おいしい
否定	おいしくないです	➡	おいしくない
過去式	おいしかったです	➡	おいしかった
過去否定	おいしくなかったです	➡	おいしくなかった

TIPS い形容詞變成普通形的方法就是去掉句尾的です。

	【な形容詞丁寧形】		【な形容詞普通形】
現在・未來	元気です	➡	元気（だ）
否定	元気じゃないです	➡	元気じゃない
過去式	元気でした	➡	元気だった
過去否定	元気じゃなかったです	➡	元気じゃなかった

	【名詞丁寧形】		【名詞普通形】
現在・未來	雨です	➡	雨（だ）
否定	雨じゃないです	➡	雨じゃない
過去式	雨でした	➡	雨だった
過去否定	雨じゃなかったです	➡	雨じゃなかった

TIPS な形容詞和名詞的變化規則是一樣的。

丁寧體與普通體的例句轉換

❶ 你看這部電影了嗎？（見ました ➡ 見た）

➡ この映画を見ましたか？

➡ この映画（を）見た？

❷ 你吃早餐了嗎？（食べました ➡ 食べた）

➡ 朝ごはんを食べましたか？

➡ 朝ごはん（を）食べた？

❸ 你有雨傘嗎？（あります ➡ ある）

➡ 傘はありますか？

➡ 傘（は）ある？

❹ 你要咖啡嗎？（いります ➡ いる）

➡ コーヒーいりますか？

➡ コーヒーいる？

TIPS いります的漢字可以寫作「要ります」（需要），第一類動詞。注意不要跟表達「存在；有」的「います」（第二類動詞）搞混。這兩個動詞的辭書形都是「いる」。

❺ 你好嗎？（元気です ➡ 元気だ）

➡ お元気ですか？

➡ 元気？

❻好漂亮喔。（きれいです ➡ きれいだ）

➡ きれいですね。

➡ きれいだね。

TIPS 句尾出現語助詞時，だ通常不可省略。

❼考試考得如何？（どうでした ➡ どうだった）

➡ テストはどうでしたか？

➡ テスト（は）どうだった？

❽我可以拍照嗎？（いいです ➡ いい）

➡ 写真を撮ってもいいですか？

➡ 写真（を）撮ってもいい？

❶你要白飯還是麵？

➡ ごはんと麺どっちがいいですか？

➡ ごはんと麺どっちがいい？

❿是；不是

➡ はい；いいえ

➡ うん；ううん

TIPS 普通體的「是」（うん）發音較短且語調下降；「不是」（ううん）則要拉長音，語調先降後升。請注意老師影片中的發音和語調。

會話常用的「～んです」用法

我們已經學會了許多教科書上的初級日文，但在日常實際會話的時候還是會發現許多沒學過的口語用法，例如本節要教的「～んです」，就是日本人在口語中幾乎每天都會用到的說法。舉例來說，我們在課本學到的「初級日語」對話是長這樣：

課本教的

A：どうして遅（おく）れましたか？（為什麼遲到？）
B：電車（でんしゃ）が来（き）ませんでしたから。（因為電車沒有來）

實際對話

A：どうして遅（おく）れたんですか？（為什麼遲到？）
B：電車（でんしゃ）が来（こ）なかったんです。（電車沒來）

所以我們這一節就來了解日本人會話裡常用的「～んです」用法，可分為以下三個重點：

❶「～んです」的接續
❷「～んです」的意思
❸「～んです」的直接說法是「～の」

1 「～んです」的接續：普通形＋んです

首先學習「んです」要怎麼加，文法是「普通形＋んです」，根據詞性和時態的不同，可分為以下四種，也請注意影片中老師連起來的念法。

普通形＋んです

時態	動詞 普通形	＋んです
現在・未來	行<ruby>く<rt>い</rt></ruby>	んです
過去	行<ruby>った<rt>い</rt></ruby>	んです
現在否定・未來否定	行<ruby>かない<rt>い</rt></ruby>	んです
過去否定	行<ruby>かなかった<rt>い</rt></ruby>	んです
時態	い形容詞 普通形	＋んです
現在・未來	おいしい	んです
過去	おいしかった	んです
現在否定・未來否定	おいしくない	んです
過去否定	おいしくなかった	んです
時態	な形容詞 普通形	＋んです
現在・未來	好<ruby>きな<rt>す</rt></ruby>	んです
過去	好<ruby>きだった<rt>す</rt></ruby>	んです
現在否定・未來否定	好<ruby>きじゃない<rt>す</rt></ruby>	んです
過去否定	好<ruby>きじゃなかった<rt>す</rt></ruby>	んです
時態	名詞 普通形	＋んです
現在・未來	休<ruby>みな<rt>やす</rt></ruby>	んです
過去	休<ruby>みだった<rt>やす</rt></ruby>	んです
現在否定・未來否定	休<ruby>みじゃない<rt>やす</rt></ruby>	んです
過去否定	休<ruby>みじゃなかった<rt>やす</rt></ruby>	んです

TIPS 注意，な形容詞和名詞要加上な（＋んです）。

2 「〜んです」的意思

❶ 要求原因或解釋原因

A：どうして遅れたんですか？（為什麼遲到？）

B：電車が来なかったんです。（電車沒來）

A：どうして食べないんですか？（為什麼不吃？）

B：甘いの嫌いなんですよ。（不喜歡吃甜的）

TIPS 「嫌い」雖然結尾有い，但屬於な形容詞。

❷ 強調自己想說的意思

A：このお店おいしいんですよ。（這間店很好吃喔。）

B：じゃ、このお店にしましょう。（那就決定這間吧。）

A：明日から日本へ行くんですよ。（我明天要去日本呢。）

B：そうなんですね。楽しんでくださいね。（是喔。祝你玩得愉快。）

3 「〜んです」直接說法是「〜の」（只能對很熟的人說）

❶ 你要去哪裡？

➡ どこへ行きますか？

➡ どこへ行くんですか？（客氣）

➡ どこ行くの？（直接）

❷ 你在做什麼？

➡ <ruby>何<rt>なに</rt></ruby>をしていますか？

➡ <ruby>何<rt>なに</rt></ruby>をしている<u>ん</u>ですか？（客氣）

➡ <ruby>何<rt>なに</rt></ruby>してる<u>の</u>？（直接）

❸ 你怎麼了？

➡ どうしましたか？

➡ どうした<u>ん</u>ですか？（客氣）

➡ どうした<u>の</u>？（直接）

❹ 為什麼來日本呢？

➡ どうして<ruby>日本<rt>にほん</rt></ruby>へ<ruby>来<rt>き</rt></ruby>ましたか？

➡ どうして<ruby>日本<rt>にほん</rt></ruby>へ<ruby>来<rt>き</rt></ruby>た<u>ん</u>ですか？（客氣）

➡ なんで<ruby>日本<rt>にほん</rt></ruby>に<ruby>来<rt>き</rt></ruby>た<u>の</u>？（直接）

TIPS　詢問理由的「どうして」在口語的直接説法（普通體）可改為「なんで」。

❺ 你有買新衣服喔。

➡ <ruby>新<rt>あたら</rt></ruby>しい<ruby>服<rt>ふく</rt></ruby>を<ruby>買<rt>か</rt></ruby>いましたか？

➡ <ruby>新<rt>あたら</rt></ruby>しい<ruby>服<rt>ふく</rt></ruby>を<ruby>買<rt>か</rt></ruby>った<u>ん</u>ですか？（客氣）

➡ <ruby>新<rt>あたら</rt></ruby>し<ruby>服<rt>ふく</rt></ruby><ruby>買<rt>か</rt></ruby>った<u>の</u>？（直接）

❻ 你買了什麼？

➡ 何を買いましたか？

➡ 何を買った<u>ん</u>ですか？（客氣）

➡ 何買った<u>の</u>？（直接）

❼ 為什麼遲到？

➡ どうして遅れましたか？

➡ どうして遅れた<u>ん</u>ですか？（客氣）

➡ なんで遅れた<u>の</u>？（直接）

❽ 明天要做什麼？

➡ 明日は何をしますか？

➡ 明日は何をする<u>ん</u>ですか？（客氣）

➡ 明日 何する<u>の</u>？（直接）

❾ 你不冷喔？

➡ 寒くありませんか？

➡ 寒くない<u>ん</u>ですか？（客氣）

➡ 寒くない<u>の</u>？（直接）

❿ 為什麼不買呢？

➡ どうして買いませんか？

➡ どうして買わない<u>ん</u>ですか？（客氣）

➡ なんで買わない<u>の</u>？（直接）

會話特有的 15 種口語用法

　　除了 3-2 教的重要口語用法「～んです」，日文的日常會話中，還有特有的 15 種口語用法，本節一次整理給讀者練習。

　　文型 **1**：ています ➡ て（い）る

　　文型 **2**：てしまいます ➡ ちゃう；でしまいます ➡ じゃう

　　文型 **3**：～ところ

　　文型 **4**：～ないと／～なきゃ／なくちゃ

　　文型 **5**：～たら？

　　文型 **6**：～てもいい？／～ていい？

　　文型 **7**：名詞＋って～／辭書形＋のって

　　文型 **8**：～気がする

　　文型 **9**：～っけ

　　文型 **10**：～とか

　　文型 **11**：～でしょ

　　文型 **12**：～なあ

　　文型 **13**：～かも

　　文型 **14**：～かなあ

　　文型 **15**：やっぱり

文型 **1**：ています ➡ て（い）る（**A** 正在進行；**B** 狀態）

在這個初級文法中常用到的文型中，口語時的「ている」的い經常會被省略掉，變成「てる」。

A 正在進行。例：食べています → 食べて（い）る（正在吃）

B 狀態。例：結婚しています→結婚して（い）る（已婚；在婚姻的狀態中）

A 正在進行

❶ A：何見てるの？　　B：昨日のドラマ。一緒に見る？

　　A：你在看什麼？　　B：昨天的電視劇。要一起看嗎？

❷ A：もしもし、いまどこ？みんな待ってるよ。B：ごめん。もうすぐ着く。

　　A：喂喂，現在到哪了？大家都在等唷。　B：抱歉，我快到了。

❸ A：何してるの？　　B：明日の宿題。

　　A：你在做什麼？　　B：明天的作業。

B 狀態

❶ A：ペン持ってる？　B：ごめん。私も持ってない。

　　A：有帶筆嗎？　　B：抱歉，我沒帶。

❷ A：この人知ってる？ B：知ってる知ってる。

　　A：知道這個人嗎？　B：知道知道。

TIPS 若要回答「不知道」的話，用「知らない」或「知りません」就可以。「知って（い）ない」是不自然的說法。

❸A：ご飯食べた？　　　　　　　B：まだ食べてないよ。

　A：吃過飯了嗎？　　　　　　　B：還沒吃唷。

TIPS 如果回答「食べない」的話，意思會變成「我不吃」，要注意唷。

文型 ❷：①てしまいます ➡ てしまう ➡ ちゃう
　　　　②でしまいます ➡ でしまう ➡ じゃう
（Ⓐ 完了　Ⓑ 不小心；遺憾）

　　上一本書 5-11 有學過「ちゃう」是「てしまう」是口語表現，作用是幫動詞補充「完了、遺憾或失敗」的感覺。注意若是「でしまう」的話，要變成「じゃう」。

Ⓐ 完了。例：書いてしまいます → 書いちゃう（寫完了）

Ⓑ 不小心；遺憾。例：忘れてしまいました → 忘れちゃった（不小心忘記了）

Ⓐ 完了

❶A：一緒に帰らない？　B：うん。これ書いちゃうから、ちょっと待って。

　A：要不要一起回去呢？　B：嗯。因為要把這個寫完，再等我一下。

❷A：昨日買った本読んだ？　　　　B：うん。一日で読んじゃった。

　A：昨天買的書讀了嗎？　　　　　B：嗯。一天就讀完了。

❸A：あと少しだからやっちゃおう。　B：そうだね。

　A：因為還剩一點，就做完吧。　　　B：這樣啊。

B 失敗・遺憾

❶ A：どうしたの？　　　　　　　B：財布落としちゃったんだ。

　　A：怎麼了？　　　　　　　　　B：不小心弄掉錢包了。

TIPS ちゃう和じゃう都是第一類動詞。

❷ A：パソコン壊れちゃった…。どうしよう？

　　A：電腦壞掉了……。怎麼辦？

　　B：大丈夫大丈夫。気にしないで。

　　B：沒關係沒關係。別在意。

❸ A：あ〜負けちゃったね。　　　B：惜しかったね。

　　A：啊〜輸掉了。　　　　　　　B：好可惜耶。

文型 **3**：〜ところ（**A** 正要 V；**B** 正在 V；**C** 剛 V 完）

ところ的漢字本來寫作「所」或「処」，原意是「狀態」或「地點」。在文型裡面，根據前面接的動詞時態，可以表達動作的不同階段。

A 正要 V（辭書形＋ところ）。例：今、食べるところ（現在正要吃）

B 正在 V（て形＋いるところ）。例：今、食べて（い）るところ（現在正在吃）

C 剛 V 完（た形＋ところ）。例：今、食べたところ（現在剛吃完）

A 正要 V

❶ A：もしもーし。今どこ？　　　B：今から電車に乗るところ。

A：喂喂。現在在哪？　　　　　B：現在正要搭電車。

❷ A：今帰るところ？　　　　　　B：はい。よかったら一緒に帰りませんか？

A：現在要回去了嗎？　　　　　B：對。方便的話要一起回去嗎？

B 正在 V

❶ A：宿題終わった？　　　B：今してるところ。

A：作業寫完了？　　　　B：現在正在寫。

❷ A：もしもし、今何してるんですか？

B：今友達と飲んでるところ。どうしたの？

A：喂喂，現在在做什麼呢？

B：正在跟朋友喝酒。怎麼了嗎？

C 剛 V 完

❶ A：ごめん。待った？　　　　　B：大丈夫。私も今来たところ。

A：抱歉，等很久了？　　　　　B：沒關係。我也是剛到。

❷ A：お昼ご飯一緒に食べない？　B：ごめん。ちょうど食べたところ。

A：要一起吃午飯嗎？　　　　　B：抱歉。剛剛才吃過。

文型 4：Ａ ～ないと Ｂ ～なきゃ Ｃ なくちゃ（得Ｖ〔確認〕）

第一本書的 7-2 有學過「ない形＋なければなりません」（必須Ｖ；得Ｖ）這個經典文型。而這個文型有三種口語的省略說法，都很常見，一定要學會喔。

Ａ ないと。例：行かなければなりません → 行かないと（得去；不去不行）

Ｂ なきゃ。例：食べなければなりません → 食べなきゃ（得吃；不吃不行）

Ｃ なくちゃ。例：しなければなりません → しなくちゃ（得做；不做不行）

TIPS 變化的來由是這樣：なければなりません→なくては（ならない・いけない），口語中會省略後半段，並將「ては」説成「ちゃ」（では→じゃ）。

Ａ ないと

❶A：もう五時？そろそろ帰らないと。 B：そうだね。じゃ、行きましょう。

A：已經五點了？差不多得回去了。 B：真的耶。那麼就一起走吧。

❷A：もうすぐテストだね。 B：うん。今回はちゃんと勉強しないと。

A：就快考試了呢。 B：對啊。這次得好好念書了。

Ｂ なきゃ

❶A：薬まだでしょ？ちゃんと飲まなきゃ。 B：は～い。

A：藥還沒吃吧？要乖乖吃喔。 B：好啦。

❷A：レポートやった？ B：まだ。今日中にやらなきゃ。

A：報告做了嗎？ B：還沒。今天之內一定得做完。

C なくちゃ

❶ A：まだ残ってるよ。全部食べなくちゃ。　　B：は〜い。

　 A：（菜）還有剩耶。全部都要吃完喔。　　　B：好啦。

❷ A：もうすぐアルバイトだからそろそろ行かなくちゃ。

　 A：打工（時間）快到我得先走了。

　 B：そっか。じゃあ、またね。

　 B：這樣啊。那再見囉。

文型 ❺：〜たら？（建議；勸人家）

　　上一本書的 19-4 學過「普通形過去式＋たら」是「如果」的意思。這個文型就是「〜たら」後面省略了「どう」（如何），「如果怎樣，如何呢？」用來表達建議。

A 你戒菸好不好？（やめます）。例：タバコ（を）やめたら？

B 你去看醫生好不好？（行きます）。例：病院（へ）行ったら？

〜たら？

❶ A：夏休み何しようかな？　　B：旅行行ったら？

　 A：暑假做什麼好啊？　　　　B：去旅行如何？

❷ A：あ〜眠い。　　　　　　　B：早く寝たら？

　 A：啊〜好想睡（睏）。　　　 B：早點去睡如何？

❸A：明日あの会議どうしよう…。　　　　B：部長に相談してみたら？

　A：明日的會議該怎麼辦……。　　　　　B：跟部長討論看看如何？

❹A：お土産どうしよう…。　　　　　　　B：空港で買ったら？

　A：伴手禮怎麼辦……。　　　　　　　　B：在機場買如何？

❺A：肉と魚どっちにしようかな…。　　　B：魚にしたら？

　A：該選肉還是魚呢……。　　　　　　　B：選魚如何？

文型 ❻：～てもいい？／～ていい？（可以 V 嗎？〔確認許可〕）

　　複習上一本 5-5 學過的徵詢許可的文型，搭配的動詞是て形。根據不同說話對象的親密程度，有以下三種說法。

A：ペン借りていい？　　　　　　　　　B：いいよ。

A：可以借我筆嗎？　　　　　　　　　　B：好唷。

Ａ 借りてもいいですか？（丁寧體）
Ｂ 借りてもいい？（對友人）
Ｃ 借りていい？（對友人）

Ａ ～てもいいですか？

❶A：すみません。ちょっと聞いてもいいですか？ B：はい。なんですか？

　A：不好意思。可以問個問題嗎？　　　　　　　　B：好。什麼事呢？

❷A：すみません。ここに座ってもいいですか？　B：はい。どうぞ。

　A：不好意思。這裡可以坐嗎？　　　　　　　B：可以啊。請坐。

B 〜てもいい？

❶A：これ開けてもいい？　　　　　　　B：いいよ。

　A：這個可以打開嗎？　　　　　　　　B：好唷。

❷A：あとで返事してもいい？　　　　　B：大丈夫だよ。

　A：等一下再回覆可以嗎？　　　　　　B：沒問題唷。

C 〜ていい？

❶A：これ食べていい？　　　　　　　　B：いいよ。

　A：這個可以吃嗎？　　　　　　　　　B：可唷。

❷A：これ捨てていい？　　　　　　　　B：だめ。

　A：這個可以丟嗎？　　　　　　　　　B：不行。

文型 ❼：名詞＋って〜／辭書形＋のって（開啟新的話題）

　　當想在談話中提出一個新的話題時，就可以用「って」這個文型。不過要注意這個用法非常口語，所以只能用在關係親近的人身上。如果那件事是動詞的話，則要記得將動詞轉化為名詞（辭書形＋の）。

❶A：北海道って何が有名？　　　　　　B：海鮮かな。

　A：北海道什麼東西有名？　　　　　　B：海鮮吧。

❷A：中国語話すのって難しい？　　　　B：発音が難しいかな。

　A：講中文很難嗎？　　　　　　　　　B：發音很難吧。

名詞＋って〜

❶A：日本人ってなんでお酒が好きなの？　B：ストレスが多いからかな。

　A：日本人為何喜歡喝酒呢？　　　　　B：大概是壓力很大吧。

❷A：山田先生ってどんな人？　　　　　B：優しい先生だよ。

　A：山田老師是怎樣的人？　　　　　　B：是個溫柔的老師唷。

❸A：この店って何がおいしいの？　　　B：刺身がおいしいよ。

　A：那家店什麼好吃呢？　　　　　　　B：生魚片好吃唷。

辭書形＋のって

❶A：今から留学するのって遅いかな？　B：そんなことないよ。

　A：現在才去留學會太晚嗎？　　　　　B：沒這回事唷。

❷A：日本語の先生になるのって難しいかな？

　A：成為日文老師很難吧？

　B：頑張ればなれると思うよ。

　B：我覺得努力就可以辦到唷。

❸A：ここから歩いていくのって無理かな？

　A：從這裡用走的去是否太勉強？

　B：う～ん。バスの方がいいと思うよ。

　B：嗯～。我覺得搭公車應該比較好喔。

文型 ❽：～気がする（有～的感覺）

　這個文型可以表達「有～的感覺」，是根據自己當下的身體感覺或第六感判斷而出。也可以在前面加上「そうな／ような」（好像～）來加強說明。

～気がする

　A：失敗する気がする。　　　　B：大丈夫だって。

　A：感覺會失敗。　　　　　　　B：沒關係啦。

そうな／ような＋気がする

　感覺快要失敗了。

　➡ 失敗しそうな気がする。

　➡ 失敗するような気がする。

❶A：今日は宝くじが当たる気がする。　B：じゃ、一枚買ってみよう。

　A：今天感覺會中彩券。　　　　　　　B：那麼，買一張試看看吧。

❷A：お酒はお店で飲むほうがおいしい気がする。　B：そうだね。

　A：酒在店裡喝感覺比較好喝。　　　　　　　　　B：這樣啊。

❸A：これなら私でもできそうな気がする。　B：頑張って。

　　A：如果是這個，我會覺得自己也辦得到。　B：加油。

❹A：今回は合格する気がする。　　　　　　B：うん。頑張って！

　　A：我感覺這次會考上（通過考試）。　　　B：嗯。加油！

❺A：明日は雨が降るような気がする。　B：じゃ、傘持って行かないと。

　　A：我感覺明天會下雨。　　　　　　　B：那一定要帶傘去。

文型 ❾：〜っけ（是不是……來著）

　　這個文型可以用來表達對於記憶和回憶的不確定語氣，也常用於自言自語。用法是「普通形＋っけ」。注意前面若是名詞或疑問詞（いつ、いくら、どこ……），要變成「N＋だっけ」。

A：あの人誰だっけ？　　　　　B：田中さんでしょ。この間の…。

A：那個人叫什麼來著？　　　　B：田中先生吧。最近（之前）……

A：薬飲んだっけ？　　　　　　B：知らないよ。覚えてないの？

A：我是不是吃過藥了？　　　　B：不知道耶。你不記得了嗎？

⌷〜っけ

❶A：テストいつだっけ？　　　　B：来週だよ。

　　A：考試是何時來著？　　　　B：下週唷。

❷A：これわたしのだっけ？　　　　B：うん、そうだよ。

　A：這個是我的嗎？　　　　　　B：嗯，是啊。

❸A：切符いくらだっけ？　　　　　B：五百円でしょ。

　A：車票是多少錢來著？　　　　B：五百日幣吧。

❹A：傘返したっけ？　　　　　　　B：うん。返してもらったよ。

　A：雨傘已經還了嗎？　　　　　B：嗯。收到了。

❺A：トイレどこだっけ？　　　　　B：あっちだよ。

　A：廁所在哪啊？　　　　　　　B：在那裡唷。

文型 ❿：〜とか（什麼的；之類的）

　　這個文型在口語中可以用來表示舉例，分為名詞和動詞，都是使用普通形。

Ⓐ 名詞＋とか

　A：ゲームとかするの？　　　　　B：うん。大好きだよ。

　A：電玩什麼的會玩嗎？　　　　B：嗯。超喜歡唷。

Ⓑ 動詞（普通形）＋とか

　A：週末どうしようかな…。　　　B：旅行に行くとかしたら？

　A：週末要怎麼過……。　　　　B：去旅行之類呢？

~とか

❶A：ゴルフとかするんですか？　　B：はい。たまに接待で。

A：高爾夫之類的會打嗎？　　　B：會。有時候招待客戶會打。

❷A：時間あったらお茶とか飲まない？ B：いいですね。行きましょう。

A：有時間的話要不要喝個茶呢？　B：好啊。走吧。

❸A：プレゼントどうしよう？　　　B：これとかいいんじゃない。

A：禮物該怎麼辦？　　　　　　B：這個應該不錯吧。

❹A：晩ごはん、カレーとかどう？　B：カレーは昨日食べたよ。

A：晚餐吃咖哩之類的如何？　　B：咖哩昨天吃過了唷。

❺A：休みなんだから、遊びに行くとかしたら。B：え～外寒いもん。

A：反正放假，不如出去玩吧。　　　　B：欸～外面很冷耶。

文型 ⓫：～でしょ（～是吧；～對吧）

　　～でしょ（でしょう）有兩種念法，分為聲調的上揚或下降。聲調上揚時是與對方確認，所以需要對方回應；下降時則是用於自我推測或自言自語（不需對方回答）。

A 需要對方的回應 (聲調上揚)

A：明日 行くでしょ？　　　　B：うん。行くよ。

A：明天要去嗎？　　　　　　B：嗯。要去唷。

B 不需要對方的回應 (聲調下降)

A：だから言ったでしょ。　　　　　B：ごめんなさい。

A：我就跟你說過了吧。　　　　　　B：抱歉。

〜でしょ

❶A：このお店おいしいでしょ？　　B：うん。

　A：這家店很好吃吧。　　　　　　B：對耶。

❷A：疲れたでしょ。早くお風呂に入って。　B：はーい。

　A：累了吧。早點去洗澡吧。　　　　　　B：好的。

❸A：駅から遠かったでしょ？　　　B：思ったより近かったです。

　A：離車站有點遠吧。　　　　　　B：比我想的還要近。

❹A：どう？かわいいでしょ？　　　B：うん。すっごく似合ってる。

　A：如何？很可愛吧。　　　　　　B：嗯。真的超適合呢。

❺A：山田さんのこと知ってるでしょ？　B：うん。知ってるよ。

　A：你知道山田的事吧？　　　　　　　B：嗯。知道唷。

文型 ⓬：〜なあ（感動；難過；不滿；願望）

　　「なあ」是接在句尾的感嘆詞，用法是「普通形＋なあ」。注意，名詞和
な形容詞要接「だ＋なあ」。

A：困<ruby>こま<rt></rt></ruby>ったなあ。　　　　　　　　　B：どうしたんですか？

A：好困擾啊。　　　　　　　　　　　B：發生什麼事？

A：田中君彼女出来<ruby>たなかくんかのじょでき<rt></rt></ruby>たんだって。　　B：いいなあ。

A：聽說田中交到女朋友了。　　　　　B：好好喔。

TIPS　「～んだって」是表達「聽說、傳聞」。

～なあ

❶A：早<ruby>はや<rt></rt></ruby>く帰<ruby>かえ<rt></rt></ruby>りたいなあ。　　　　B：私<ruby>わたし<rt></rt></ruby>も。

　A：希望可以早點回去。　　　　　　B：我也是。

❷A：いい景色<ruby>けしき<rt></rt></ruby>だなあ。　　　　　B：来<ruby>き<rt></rt></ruby>てよかったね。

　A：景色真棒啊。　　　　　　　　　B：幸好有來呢。

❸A：この曲懐<ruby>きょくなつ<rt></rt></ruby>かしいなあ。　　　B：ほんと。

　A：這首歌真令人懷念。　　　　　　B：真的。

❹A：やっぱりこのお店<ruby>みせ<rt></rt></ruby>はおいしいなあ。　B：うん。最高<ruby>さいこう<rt></rt></ruby>だね。

　A：這家店果然很好吃。　　　　　　B：嗯。超讚的。

❺A：明日<ruby>あした<rt></rt></ruby>もテストだ。嫌<ruby>いや<rt></rt></ruby>だなあ。　B：最後<ruby>さいご<rt></rt></ruby>だから頑張<ruby>がんば<rt></rt></ruby>ろうよ。

　A：明天又有考試。好討厭喔。　　　B：最後一場了，（所以）加油喔。

文型 ⓭：〜かも（有可能）

　　「かも」是「かもしれませ」的口語略縮，表示「有可能」的意思。有兩種主要的用法，分別是推測結果（未來式）和推測原因（過去式）。推測原因和理由的時候，通常使用「過去式＋のかも」。

Ⓐ 推測結果（未來式）

A：ごめん。間<ruby>に<rt>ま</rt></ruby>合<ruby>わ<rt>あ</rt></ruby>ないかも。　B：まじで！？

A：抱歉。有可能趕不上。　　　　B：真假！

Ⓑ 推測原因跟理由（過去式）

A：田中君<rt>たなかくん</rt>、今日機嫌悪<rt>きょうきげんわる</rt>かったね。　B：うん。彼女<rt>かのじょ</rt>とケンカしたのかも。

A：田中今天看來心情不太好耶。　B：嗯。可能跟女友吵架了。

〜かも　推測未來結果，使用未來式

❶A：寒<ruby>寒<rt>さむ</rt></ruby>いね。　　　　　　　　B：うん。今夜雪<rt>こんやゆき</rt>が降<rt>ふ</rt>るかもね。

　A：好冷喔。　　　　　　　　　　B：嗯。今晚可能會下雪喔。

❷A：三千円<rt>さんぜんえん</rt>で足<rt>た</rt>りるかな？　　B：三千円<rt>さんぜんえん</rt>じゃ足<rt>た</rt>りないかも。

　A：三千日幣夠嗎？　　　　　　　B：三千日幣可能不夠唷。

❸A：もしかしたら、明日会社休<rt>あしたかいしゃやす</rt>むかも。　B：どうしたの？

　A：明天可能會跟公司請假。　　　　B：怎麼了？

~のかも 推測原因和理由，通常使用「過去式＋のかも」

❶ A：田中さん最近見ないね。　B：そうだね。引っ越ししたのかも。

　　A：最近都沒看到田中耶。　　B：真的耶。可能搬家了。

❷ A：あそこに人がたくさんいるね。　B：何かあったのかも。行ってみよう。

　　A：那裡有好多人啊。　　　　　B：可能發生什麼事了。去看看吧。

文型 ⓮：〜かなあ（自問自答〔疑問、願望〕）

　　句尾的「かなあ」有兩種意思，一種是向對方表達疑問，另外一種則是偏向自言自語的許願。需要注意的是，當做許願的用法時，通常會接否定形式，但其實真正希望的是有正面的結果喔。

疑問

　　A：田中君来るかなあ。　　　　B：たぶん来ると思うよ。

　　A：不知道田中會不會來。　　　B：我想大概會來唷。

願望

　　A：明日、晴れないかなあ。　　B：どうしたの？何かあるの？

　　A：不知道明天會不會是晴天呢？　B：怎麼了？有什麼事嗎？

114

疑問

❶ A：間に合うかなあ。　　　　　B：ぎりぎりだね。

A：不知道來不來得及？　　　　B：勉強可以吧。

❷ A：五百円で足りるかなあ。　　B：たぶん足りるでしょ。

A：五百日幣夠嗎？　　　　　　B：大概夠吧。

❸ A：トイレどこかなあ。　　　　B：あっちじゃない。

A：不知道廁所在哪呢？　　　　B：不是在那邊嗎。

願望

❶ A：田中君来ないかなあ。　　　B：きっと来るよ。

A：不知道田中會不會來？　　　B：一定會來的。

❷ A：合格しないかなあ。　　　　B：大丈夫だって。

A：不知道會不會考過？　　　　B：一定沒問題啦。

文型 ⓯：やっぱり（果然還是～）

「やっぱり」這個副詞在口語中常常出現，有三種主要的意思，分別是
「跟以前一樣」、「跟我想的一樣」和「最後的決定」，一起來看看怎麼使用吧。

A 跟以前一樣

❶ A：田中さんはやっぱりきれいだね。　B：そんなことないよ。

A：田中小姐還是跟以前一樣漂亮耶。　B：沒有啦。

❷A：やっぱりこのお店はおいしいね。　　B：うん。また来ようね。

　A：這家店還是跟以前一樣好吃耶。　　B：嗯。下次再來吧。

Ⓑ 跟我想的一樣

❶A：昨日の試合台湾が勝ったらしいよ。　B：やっぱり！！

　A：昨天的比賽好像是台灣獲勝唷。　　B：跟我想的一樣！

❷A：駅前のレストランつぶれたらしいよ。

　A：車站前的餐廳好像倒了。

　B：やっぱり。おいしくなかったもん。

　B：果然。因為不好吃啊。

Ⓒ 最後的決定

❶A：田中さんはコーヒー？　　B：はい。あっ、やっぱり紅茶で。

　A：田中要咖啡嗎？　　　　　B：好。啊，還是選紅茶好了。

❷A：五時でいい？　　B：うん。あっ、やっぱり六時でもいい？

　A：五點如何？　　　B：嗯。啊，還是六點好嗎？

在這一章的課程影片中，我們會練習 50 個常用的對話句型，每個句型都會配上 4 個例句。影片的前半部分會使用比較簡單的句型，只需要更換名詞就可以表達不同意思。後半部影片則會加上需要動詞變化的句型，對於動詞變化還不太熟悉的讀者，可以複習井上老師的上一本書，裡面有詳細的動詞變化教學。

另外，例句第一次會使用丁寧體（禮貌體，有「です」或「ます」出現），第二次則會使用常體（普通體）。前者是客氣的用法，適用於不熟的人；後者則適用於熟悉親暱的對象（家人、伴侶、好友）。

本章學習重點

❶ 生活常用的句型 50 個×4 例句（可以替換名詞）。

❷ 「禮貌的說法」和「直接的說法」。

❸ 跟讀練習 Shadowing（第一次聽正確發音，習慣之後跟著老師念）。

LESSON

04

日文句型大特訓

原來換個單字就能表達這麼多意思

50 基本句型 × 4 例句，會話跟讀練習

　　大量的聽力和跟讀練習（ Shadowing），可以產生對一種語言的「語感」，對於常見的句子可以略過文法的思考，直接理解其意思，本節會練習 50 個基本句型，只要替換單字就可以達到不同造句的效果。第一個例句是丁寧體，第二個例句則是普通體。讀者會看到普通體的特色是省略許多助詞，例如は、が、を等等。

1 請給我水。

➡（お）水をください。

➡（お）水ちょうだい。

TIPS 名詞前面加上「お」或「ご」是一種美化語，漢字本寫作「御」。例如「お茶、お弁当、ご家族、ご意見」等，目的是讓對話聽起來更有禮貌。基本規則是「お＋和語；ご＋漢語；外來語不加」，不過例外也很多，所以要多看多記囉。

❶請給我這個。

➡ これをください。

➡ これちょうだい。

❷請給我盤子。

➡ お皿をください。

➡ お皿ちょうだい。

❸請給我咖啡。

➡ コーヒーをください。

➡ コーヒーちょうだい。

2 你有車子嗎？（強調擁有）

➡ 車を持っていますか？

➡ 車 持ってる？

TIPS 「ています」（進行式）的普通體「ている」在口語中可以省略「い」簡寫成「てる」。

❶你有帶雨傘嗎？

➡ 傘を持っていますか？

➡ 傘持ってる？

❷你有帶筆嗎？

➡ ペンを持っていますか？

➡ ペン持ってる？

❸你有帶面紙嗎？

➡ ティッシュを持っていますか？

➡ ティッシュ持ってる？

3 你知道這部電影嗎？

➡ この映画を知っていますか？

➡ この映画知ってる？

❶你知道這本漫畫嗎？

➡ この漫画を知っていますか？

➡ この漫画知ってる？

❷你知道這個品牌嗎？

➡ このブランドを知っていますか？

➡ このブランド知ってる？

❸你知道這間店嗎？

➡ このお店を知っていますか？

➡ このお店知ってる？

4 | 旅遊玩得怎麼樣？（問感想）

➡ 旅行はどうでしたか？

➡ 旅行どうだった？

❶周末過得怎麼樣？

➡ 週末はどうでしたか？

➡ 週末どうだった？

❷電影看得怎麼樣？

➡ 映画はどうでしたか？

➡ 映画どうだった？

❸考試考得怎麼樣？

➡ テストはどうでしたか？

➡ テストどうだった？

5 請你小心車子喔。

➡ 車に気を付けてくださいね。

➡ 車に気を付けてね。

❶請你注意身體喔。

➡ 体に気を付けてくださいね。

➡ 体に気を付けてね。

❷請你注意時間喔。

➡ 時間に気を付けてくださいね。

➡ 時間に気を付けてね。

❸回家路上要小心喔。

➡ 帰り道に気を付けてくださいね。

➡ 帰り道に気を付けてね。

6 你要咖啡還是紅茶？

➡ コーヒーと紅茶どっちがいいですか？

➡ コーヒーと紅茶どっちがいい？

❶你要白飯還是麵？
➡ ご飯と麺どっちがいいですか？
➡ ご飯と麺どっちがいい？

❷你要黑色還是白色？
➡ 黒と白どっちがいいですか？
➡ 黒と白どっちがいい？

❸你要筷子還是湯匙？
➡ お箸とスプーンどっちがいいですか？
➡ お箸とスプーンどっちがいい？

7 你家真棒呢。（讚美別人）
➡ 素敵なお家ですね。
➡ 素敵なお家だね。

❶你的鞋子好漂亮喔。
➡ 素敵な靴ですね。
➡ 素敵な靴だね。

❷你的髮型真好看。
➡ 素敵な髪型ですね。
➡ 素敵な髪型だね。

❸你的老公真棒呢。

➡ 素敵なご主人ですね。

➡ 素敵なご主人だね。

8 要不要面紙？

➡ ティッシュ（は）要りますか？

➡ ティッシュ要る？

❶要不要袋子？

➡ 袋（は）要りますか？

➡ 袋 要る？

❷要不要發票？

➡ レシート（は）要りますか？

➡ レシート要る？

❸要不要糖？

➡ 砂糖（は）要りますか？

➡ 砂糖要る？

TIPS 需要的話可以回答「はい、お願いします」；不需要則答「いいえ、大丈夫です」或「いいえ、要りません」。

9 這是什麼?

➡ これは何<ruby>何<rt>なん</rt></ruby>ですか?
➡ これ何<ruby>何<rt>なに</rt></ruby>?

❶ 早餐吃了什麼?
➡ 朝<ruby>朝<rt>あさ</rt></ruby>ごはんは何<ruby>何<rt>なに</rt></ruby>を食<ruby>食<rt>た</rt></ruby>べましたか?
➡ 朝<ruby>朝<rt>あさ</rt></ruby>ごはん何<ruby>何<rt>なに</rt></ruby>食<ruby>食<rt>た</rt></ruby>べたの?

❷ 你喜歡什麼?
➡ 何<ruby>何<rt>なに</rt></ruby>が好<ruby>好<rt>す</rt></ruby>きですか?
➡ 何<ruby>何<rt>なに</rt></ruby>が好<ruby>好<rt>す</rt></ruby>き?

❸ 你在做什麼?
➡ 何<ruby>何<rt>なに</rt></ruby>をしているんですか?
➡ 何<ruby>何<rt>なに</rt></ruby>してるの?

10 我想要新鞋子。(名詞)
➡ 新<ruby>新<rt>あたら</rt></ruby>しい靴<ruby>靴<rt>くつ</rt></ruby>が欲<ruby>欲<rt>ほ</rt></ruby>しいです。
➡ 新<ruby>新<rt>あたら</rt></ruby>しい靴<ruby>靴<rt>くつ</rt></ruby>欲<ruby>欲<rt>ほ</rt></ruby>しいなあ。

❶ 我想要新電腦。
➡ 新<ruby>新<rt>あたら</rt></ruby>しいパソコンが欲<ruby>欲<rt>ほ</rt></ruby>しいです。
➡ 新<ruby>新<rt>あたら</rt></ruby>しいパソコン欲<ruby>欲<rt>ほ</rt></ruby>しいなあ。

❷我想要男朋友。
➡ 彼氏が欲しいです。
➡ 彼氏欲しいなあ。

❸你想要什麼？
➡ 何が欲しいですか？
➡ 何欲しい？

11 我想去日本。（動詞）
➡ 日本へ行きたいです。
➡ 日本へ行きたいなあ。

❶我想見你。
➡ 会いたいです。
➡ 会いたいなあ。

❷我想看櫻花。
➡ 桜を見たいです。
➡ 桜 見たいなあ。

❸你想吃什麼？
➡ 何を食べたいですか？
➡ 何食べたい？

12 你為什麼遲到？

➡ どうして遅れたんですか？

➡ なんで遅れたの？

❶ 你昨天為什麼沒有來呢？

➡ どうして昨日来なかったんですか？

➡ なんで昨日来なかったの？

❷ 你為什麼在哭呢？

➡ どうして泣いているんですか？

➡ なんで泣いてるの？

❸ 你為什麼在生氣呢？

➡ どうして怒っているんですか？

➡ なんで怒ってるの？

13 你是怎麼來的？

➡ どうやって来たんですか？

➡ どうやって来たの？

❶ 這個怎麼用？

➡ これはどうやって使うんですか？

➡ これ、どうやって使うの？

❷這個怎麼吃？

➡ これはどうやって食べるんですか？

➡ これ、どうやって食べるの？

❸我們怎麼去？

➡ どうやって行きますか？

➡ どうやって行くの？

14 這是誰的？

➡ これは誰のですか？

➡ これ誰の？

❶你要跟誰去？

➡ 誰と行くんですか？

➡ 誰と行くの？

❷你的包包是誰送你的？

➡ そのかばん、誰にもらったんですか？

➡ そのかばん、誰にもらったの？

❸有人在嗎？

➡ 誰かいますか？

➡ 誰かいるの？

15 廁所在哪裡？

　　➡ トイレはどこですか？
　　➡ トイレどこ？

❶你要去哪裡？
　　➡ どこへ行くんですか？
　　➡ どこ行くの？

❷你的衣服在哪裡買的？
　　➡ その服、どこで買ったんですか？
　　➡ その服、どこで買ったの？

❸你是從哪裡來的？
　　➡ どこから来たんですか？
　　➡ どこから来たの？

16 你的生日是什麼時候？

　　➡ 誕生日はいつですか？
　　➡ 誕生日いつ？

❶什麼時候要去日本？
　　➡ いつ日本へ行くんですか？
　　➡ いつ日本へ行くの？

❷什麼時候要考試？

➡ 試験はいつですか？
<ruby>試験<rt>しけん</rt></ruby>

➡ 試験いつ？
<ruby>試験<rt>しけん</rt></ruby>

❸什麼時候都可以喔。

➡ いつでもいいですよ。

➡ いつでもいいよ。

17 你喜歡什麼樣的書？

➡ どんな本が好きですか？
<ruby>本<rt>ほん</rt></ruby> <ruby>好<rt>す</rt></ruby>

➡ どんな本が好き？
<ruby>本<rt>ほん</rt></ruby> <ruby>好<rt>す</rt></ruby>

❶你的男朋友是什麼樣的人？

➡ 彼氏はどんな人ですか？
<ruby>彼氏<rt>かれし</rt></ruby> <ruby>人<rt>ひと</rt></ruby>

➡ 彼氏はどんな人？
<ruby>彼氏<rt>かれし</rt></ruby> <ruby>人<rt>ひと</rt></ruby>

❷你想要什麼樣的電腦？

➡ どんなパソコンが欲しいですか？
<ruby>欲<rt>ほ</rt></ruby>

➡ どんなパソコンが欲しいの？
<ruby>欲<rt>ほ</rt></ruby>

❸神戶是什麼樣的城市？

➡ 神戸ってどんな街ですか？
<ruby>神戸<rt>こうべ</rt></ruby> <ruby>街<rt>まち</rt></ruby>

➡ 神戸ってどんな街？
<ruby>神戸<rt>こうべ</rt></ruby> <ruby>街<rt>まち</rt></ruby>

18 請你幫我一下。

➡ ちょっと手伝_{てつだ}ってください。
➡ ちょっと手伝_{てつだ}って。

❶請你等我一下。
➡ ちょっと待_まってください。
➡ ちょっと待_まって。

❷請你過來一下。
➡ ちょっと来_きてください。
➡ ちょっと来_きて。

❸請你看一下。
➡ ちょっと見_みてください。
➡ ちょっと見_みて。

19 要不要送你回家？（提議）
➡ 家_{いえ}まで送_{おく}りましょうか？
➡ 家_{いえ}まで送_{おく}ろうか？

❶要不要幫你忙？
➡ 手伝_{てつだ}いましょうか？
➡ 手伝_{てつだ}おうか？

❷要不要借你？

➡ 貸_かしましょうか？

➡ 貸_かそうか？

❸要不要幫你拿行李？

➡ 荷物_{にもつ}を持_もちましょうか？

➡ 荷物_{にもつ}持_もとうか？

20 方便的話，要不要一起去？（邀約）

➡ もしよかったら一緒_{いっしょ}に行_いきませんか？

➡ よかったら一緒_{いっしょ}に行_いかない？

❶要不要一起玩？

➡ もしよかったら一緒_{いっしょ}に遊_{あそ}びませんか？

➡（もし）よかったら一緒_{いっしょ}に遊_{あそ}ばない？

❷要不要一起喝？

➡ もしよかったら一緒_{いっしょ}に飲_のみませんか？

➡（もし）よかったら一緒_{いっしょ}に飲_のまない？

❸要不要一起吃？

➡ もしよかったら一緒_{いっしょ}に食_たべませんか？

➡ よかったら一緒_{いっしょ}に食_たべない？

21 你會日文嗎？（接名詞）

➡ 日本語（にほんご）ができますか？

➡ 日本語（にほんご）できる？

❶你會打網球嗎？

➡ テニスができますか？

➡ テニスできる？

❷你會開車嗎？

➡ 運転（うんてん）ができますか？

➡ 運転（うんてん）できる？

❸你會中文嗎？

➡ 中国語（ちゅうごくご）ができますか？

➡ 中国語（ちゅうごくご）できる？

22 這個比較好吃喔。

➡ こっちのほうがおいしいですよ。

➡ こっちのほうがおいしいよ。

❶這個比較便宜喔。

➡ こっちのほうが安（やす）いですよ。

➡ こっちのほうが安（やす）いよ。

❷這個比較可愛喔。

➡ こっちのほうがかわいいですよ。

➡ こっちのほうがかわいいよ。

❸這個比較方便喔。

➡ こっちのほうが便利ですよ。

➡ こっちのほうが便利だよ。

23 終於做完了。

➡ やっと終わりました。

➡ やっと終わった。

❶終於到了。

➡ やっと着きました。

➡ やっと着いた。

❷終於買到了。

➡ やっと買えました。

➡ やっと買えた。

❸終於能見到面了。

➡ やっと会えました。

➡ やっと会えた。

24 看起來好好吃喔。

　　➡ おいしそうですね。
　　➡ おいしそうだね。

❶看起來好有趣喔。
　　➡ おもしろそうですね。
　　➡ おもしろそうだね。

❷看起來好難喔。
　　➡ 難<small>むずか</small>しそうですね。
　　➡ 難<small>むずか</small>しそうだね。

❸看起來很簡單喔。
　　➡ 簡単<small>かんたん</small>そうですね。
　　➡ 簡単<small>かんたん</small>そうだね。

25 快結束了。

　　➡ もう少<small>すこ</small>しで終<small>お</small>わります。
　　➡ もう少<small>すこ</small>しで終<small>お</small>わるよ。

❶快到了。
　　➡ もう少<small>すこ</small>しで着<small>つ</small>きます。
　　➡ もう少<small>すこ</small>しで着<small>つ</small>くよ。

❷快開始了。
➡ もう少しで始まります。
➡ もう少しで始まるよ。

❸快喝完了。
➡ もう少しで飲み終わります。
➡ もう少しで飲み終わるよ。

26 早點睡覺比較好喔。（給別人建議）
➡ 早く寝たほうがいいですよ。
➡ 早く寝たほうがいいよ。

❶（你）去看醫生比較好喔。
➡ 病院へ行ったほうがいいですよ。
➡ 病院行ったほうがいいよ。

❷（你）帶雨傘去比較好喔。
➡ 傘を持って行ったほうがいいですよ。
➡ 傘持って行ったほうがいいよ。

❸（你）不要抽菸比較好喔。
➡ タバコを吸わないほうがいいですよ。
➡ タバコ吸わないほうがいいよ。

27 我可以拍照嗎？（徵求對方許可）

➡ 写真を撮ってもいいですか？

➡ 写真撮ってもいい？

❶我可以進去嗎？

➡ 入ってもいいですか？

➡ 入ってもいい？

❷我可以回家嗎？

➡ 帰ってもいいですか？

➡ 帰ってもいい？

❸這蛋糕可以吃嗎？

➡ このケーキ食べてもいいですか？

➡ このケーキ食べてもいい？

28 絕對不要說喔。

➡ 絶対に言わないでくださいね。

➡ 絶対言わないでね。

❶絕對不要遲到喔。

➡ 絶対に遅れないでくださいね。

➡ 絶対遅れないでね。

❷絕對不要忘記喔。

➡ 絶対に忘れないでくださいね。

➡ 絶対忘れないでね。

❸絕對不要吃喔。

➡ 絶対に食べないでくださいね。

➡ 絶対食べないでね。

29 差不多該回去了。

➡ そろそろ帰らなければなりません。

➡ そろそろ帰らなきゃ。(帰らないと)

❶差不多該起床了。

➡ そろそろ起きなければなりません。

➡ そろそろ起きなきゃ。(起きないと)

❷差不多該準備晚餐了。

➡ そろそろ晩ご飯の準備をしなければなりません。

➡ そろそろ晩ご飯の準備をしなきゃ。(しないと)

❸差不多該努力了。

➡ そろそろ頑張らなければなりません。

➡ そろそろ頑張らなきゃ。(頑張らないと)

30 你不用急喔。

➡ 急_{いそ}がなくてもいいですよ。
➡ 急_{いそ}がなくて（も）いいよ。

❶ 你不用等我喔。
➡ 待_またなくてもいいですよ。
➡ 待_またなくていいよ。

❷ 你不用勉強喔。
➡ 無理_{むり}しなくてもいいですよ。
➡ 無理_{むり}しなくていいよ。

❸ 你不用做喔。
➡ しなくてもいいですよ。
➡ しなくていいよ。

31 我喜歡看書。（接動詞）
➡ 本_{ほん}を読_よむのが好_すきです。
➡ 本_{ほん}を読_よむのが好_すき。

❶ 我喜歡睡覺。
➡ 寝_ねるのが好_すきです。
➡ 寝_ねるのが好_すき。

138

❷我喜歡吃東西。

➡ 食べるのが好きです。

➡ 食べるのが好き。

❸我喜歡喝酒。

➡ お酒を飲むのが好きです。

➡ お酒を飲むのが好き。

32 沒想到會下雨呢。

➡ 雨が降るとは思いませんでした。

➡ 雨が降るとは思わなかったよ。

❶沒想到會考過呢。

➡ 合格するとは思いませんでした。

➡ 合格するとは思わなかったよ。

❷沒想到被罵。

➡ 怒られるとは思いませんでした。

➡ 怒られるとは思わなかったよ。

❸沒想到他會來呢。

➡ 彼が来るとは思いませんでした。

➡ 彼が来るとは思わなかったよ。

33 謝謝你過來。

➡ 来^きてくれてありがとうございます。

➡ 来^きてくれてありがとう。

❶ 謝謝你幫我。

➡ 手伝^{てつだ}ってくれてありがとうございます。

➡ 手伝^{てつだ}ってくれてありがとう。

❷ 謝謝你告訴我。

➡ 教^{おし}えてくれてありがとうございます。

➡ 教^{おし}えてくれてありがとう。

❸ 謝謝你帶路。

➡ 案内^{あんない}してくれてありがとうございます。

➡ 案内^{あんない}してくれてありがとう。

34 要吃什麼好呢？（問自己）

➡ 何食^{なにた}べようかなあ。

❶ 要去哪裡好呢？

➡ どこ行^いうかなあ。

❷ 要看什麼好呢？

➡ 何見^{なにみ}ようかなあ。

❸要買什麼好呢？

➡ 何買おうかなあ。

35 你看過這部電影嗎？（詢問經驗）

➡ この映画を見たことがありますか？

➡ この映画見たことある？

❶你去過日本嗎？

➡ 日本へ行ったことがありますか？

➡ 日本行ったことある？

❷你來過這裡嗎？

➡ ここに来たことがありますか？

➡ ここ来たことある？

❸你見過他嗎？

➡ 彼に会ったことがありますか？

➡ 彼に会ったことある？

36 我不知道好不好吃。

➡ おいしいかどうかわかりません。

➡ おいしいかどうかわからない。

❶我不知道正不正確。

➡ 正_{ただ}しいかどうかわかりません。

➡ 正_{ただ}しいかどうかわからない。

❷我不知道他會不會來。

➡ 彼_{かれ}が来_くるかどうかわかりません。

➡ 彼_{かれ}が来_くるかどうかわからない。

❸我不知道明天會不會下雨。

➡ 明日_{あした}、雨_{あめ}が降_ふるかどうかわかりません。

➡ 明日_{あした}、雨_{あめ}が降_ふるかどうかわからない。

37 要不要試看看？

➡ やってみたらどうですか？

➡ やってみたら？

❶要不要吃看看？

➡ 食_たべてみたらどうですか？

➡ 食_たべてみたら？

❷要不要喝看看？

➡ 飲_のんでみたらどうですか？

➡ 飲_のんでみたら？

❸要不要去看看？

➡ 行<ruby>い<rt></rt></ruby>ってみたらどうですか？

➡ 行<ruby>い<rt></rt></ruby>ってみたら？

38 我盡量每天散步。（努力的習慣）

➡ 毎日散歩<ruby>まいにちさんぽ<rt></rt></ruby>するようにしています。

➡ 毎日散歩<ruby>まいにちさんぽ<rt></rt></ruby>するようにしている。

❶我盡量每天吃水果 。

➡ 毎日果物<ruby>まいにちくだもの<rt></rt></ruby>を食<ruby>た<rt></rt></ruby>べるようにしています。

➡ 毎日果物<ruby>まいにちくだもの<rt></rt></ruby>を食<ruby>た<rt></rt></ruby>べるようにしている。

❷我盡量不喝酒 。

➡ お酒<ruby>さけ<rt></rt></ruby>を飲<ruby>の<rt></rt></ruby>まないようにしています。

➡ お酒<ruby>さけ<rt></rt></ruby>を飲<ruby>の<rt></rt></ruby>まないようにしている。

❸我盡量不抽菸。

➡ タバコを吸<ruby>す<rt></rt></ruby>わないようにしています。

➡ タバコを吸<ruby>す<rt></rt></ruby>わないようにしている。

39 一定沒問題的。

➡ きっと大丈夫<ruby>だいじょうぶ<rt></rt></ruby>ですよ。

➡ きっと大丈夫<ruby>だいじょうぶ<rt></rt></ruby>だよ。

❶一定會來的。

➡ きっと来<ruby>き<rt></rt></ruby>ますよ。

➡ きっと来<ruby>く<rt></rt></ruby>るよ。

❷一定會成功的。

➡ きっと成功<ruby>せいこう<rt></rt></ruby>しますよ。

➡ きっと成功<ruby>せいこう<rt></rt></ruby>するよ。

❸一定會考過的。

➡ きっと合格<ruby>ごうかく<rt></rt></ruby>しますよ。

➡ きっと合格<ruby>ごうかく<rt></rt></ruby>するよ。

40 正要睡覺的時候，電話打來了。

➡ 寝<ruby>ね<rt></rt></ruby>ようとしたら、電話<ruby>でんわ<rt></rt></ruby>がかかってきました。

➡ 寝<ruby>ね<rt></rt></ruby>ようとしたら、電話<ruby>でんわ<rt></rt></ruby>がかかってきた。

❶正要出門就下起雨來了。

➡ 出<ruby>で<rt></rt></ruby>かけようとしたら、雨<ruby>あめ<rt></rt></ruby>が降<ruby>ふ<rt></rt></ruby>り出<ruby>だ<rt></rt></ruby>しました。

➡ 出<ruby>で<rt></rt></ruby>かけようとしたら、雨<ruby>あめ<rt></rt></ruby>が降<ruby>ふ<rt></rt></ruby>り出<ruby>だ<rt></rt></ruby>した。

❷正要回家就被部長叫去了。

➡ 帰<ruby>かえ<rt></rt></ruby>ろうとしたら、部長<ruby>ぶちょう<rt></rt></ruby>に呼<ruby>よ<rt></rt></ruby>ばれました。

➡ 帰<ruby>かえ<rt></rt></ruby>ろうとしたら、部長<ruby>ぶちょう<rt></rt></ruby>に呼<ruby>よ<rt></rt></ruby>ばれた。

❸正要吃飯朋友就來了。

➡ ご飯を食べようとしたら、友達が来ました。

➡ ご飯を食べようとしたら、友達が来た。

41 早知道就不來了。（表達後悔）

➡ 来なかったらよかったです。

➡ 来なきゃよかった。

❶早知道就不買了。

➡ 買わなかったらよかったです。

➡ 買わなきゃよかった。

❷早知道就不說了。

➡ 言わなかったらよかったです。

➡ 言わなきゃよかった。

❸早知道就不去了。

➡ 行かなかったらよかったです。

➡ 行かなきゃよかった。

42 還沒吃飯。

➡ まだ食べていません。

➡ まだ食べてないよ。

❶還沒看。

➡ まだ見<ruby>見<rt>み</rt></ruby>ていません。

➡ まだ<ruby>見<rt>み</rt></ruby>てないよ。

❷還沒結束。

➡ まだ<ruby>終<rt>お</rt></ruby>わっていません。

➡ まだ<ruby>終<rt>お</rt></ruby>わってないよ。

❸還沒跟他講。

➡ まだ<ruby>彼<rt>かれ</rt></ruby>に<ruby>話<rt>はな</rt></ruby>していません。

➡ まだ<ruby>彼<rt>かれ</rt></ruby>に<ruby>話<rt>はな</rt></ruby>してないよ。

43 我覺得明天會下雨。

➡ <ruby>明日<rt>あした</rt></ruby>は<ruby>雨<rt>あめ</rt></ruby>が<ruby>降<rt>ふ</rt></ruby>ると<ruby>思<rt>おも</rt></ruby>います。

➡ <ruby>明日<rt>あした</rt></ruby>、<ruby>雨<rt>あめ</rt></ruby><ruby>降<rt>ふ</rt></ruby>ると<ruby>思<rt>おも</rt></ruby>うよ。

❶我覺得他不會來。

➡ <ruby>彼<rt>かれ</rt></ruby>は<ruby>来<rt>こ</rt></ruby>ないと<ruby>思<rt>おも</rt></ruby>います。

➡ <ruby>彼<rt>かれ</rt></ruby>、<ruby>来<rt>こ</rt></ruby>ないと<ruby>思<rt>おも</rt></ruby>うよ。

❷我覺得這部電影很好看。

➡ この<ruby>映画<rt>えいが</rt></ruby>は<ruby>面白<rt>おもしろ</rt></ruby>いと<ruby>思<rt>おも</rt></ruby>います。

➡ この<ruby>映画<rt>えいが</rt></ruby>、<ruby>面白<rt>おもしろ</rt></ruby>いと<ruby>思<rt>おも</rt></ruby>うよ。

❸我覺得小孩子已經睡覺了。

➡ 子供<ruby>こども</ruby>はもう寝<ruby>ね</ruby>たと思<ruby>おも</ruby>います。

➡ 子供<ruby>こども</ruby>、もう寝<ruby>ね</ruby>たと思<ruby>おも</ruby>うよ。

44 還好趕上。

➡ 間<ruby>ま</ruby>に合<ruby>あ</ruby>ってよかったです。

➡ 間<ruby>ま</ruby>に合<ruby>あ</ruby>ってよかったあ。

❶還好找到工作。

➡ 仕事<ruby>しごと</ruby>が見<ruby>み</ruby>つかってよかったです。

➡ 仕事<ruby>しごと</ruby>が見<ruby>み</ruby>つかってよかったあ。

❷還好很順利。

➡ うまくいってよかったです。

➡ うまくいってよかったあ。

❸還好沒有受傷。

➡ 怪我<ruby>けが</ruby>がなくてよかったです。

➡ 怪我<ruby>けが</ruby>がなくてよかったあ。

45 我打算不去。

➡ 行<ruby>い</ruby>かないつもりです。

➡ 行<ruby>い</ruby>かないつもり。

❶我不打算參加婚禮。
➡ 結婚式（けっこんしき）に参加（さんか）しないつもりです。
➡ 結婚式（けっこんしき）に参加（さんか）しないつもり。

❷我打算去留學。
➡ 留学（りゅうがく）に行（い）くつもりです。
➡ 留学（りゅうがく）に行（い）くつもり。

❸我打算辭職。
➡ 会社（かいしゃ）を辞（や）めるつもりです。
➡ 会社（かいしゃ）を辞（や）めるつもり。

46 不小心把房間的鑰匙弄丟了。

➡ 部屋（へや）の鍵（かぎ）をなくしてしまいました。
➡ 部屋（へや）の鍵（かぎ）なくしちゃった。

❶不小心把錢包弄丟了。
➡ 財布（さいふ）をなくしてしまいました。
➡ 財布（さいふ）なくしちゃった。

❷不小心遲到了。
➡ 遅刻（ちこく）してしまいました。
➡ 遅刻（ちこく）しちゃった。

❸不小心睡過頭了。

➡ 寝坊_{ねぼう}してしまいました。

➡ 寝坊_{ねぼう}しちゃった。

47 希望你過來。

➡ （私_{わたし}はあたなに）来_きて欲_ほしいです。

➡ 来_きて欲_ほしいなあ。

❶希望你參加。

➡ 参加_{さんか}して欲_ほしいです。

➡ 参加_{さんか}して欲_ほしいなあ。

❷希望你帶我去。

➡ 連_つれて行_いって欲_ほしいです。

➡ 連_つれて行_いって欲_ほしいなあ。

❸希望你幫我泡咖啡。

➡ コーヒーを入_いれて欲_ほしいです。

➡ コーヒー入_いれて欲_ほしいなあ。

48 再怎麼便宜也不買。

➡ どんなに安_{やす}くても買_かいません。

➡ どんなに安_{やす}くても買_かわないよ。

❶再怎麼辛苦也會努力的。

➡ どんなにつらくても頑張（がんば）ります。

➡ どんなにつらくても頑張（がんば）るよ。

❷再怎麼困難也不會放棄。

➡ どんなに困難（こんなん）でもあきらめません。

➡ どんなに困難（こんなん）でもあきらめないよ。

❸再怎麼努力也來不及。

➡ どんなに頑張（がんば）っても間（ま）に合（あ）いません。

➡ どんなに頑張（がんば）っても間（ま）に合（あ）わないよ。

49 再也不去。

➡ もう二度（にど）と行（い）きません。

➡ もう二度（にど）と行（い）かない。

❶再也不做。

➡ もう二度（にど）としません。

➡ もう二度（にど）としない。

❷再也不說。

➡ もう二度（にど）と言（い）いません。

➡ もう二度（にど）と言（い）わない。

❸再也不見他。
➡ もう二度と彼に会いません。
➡ もう二度と彼に会わない。

50 有可能會下雨。
➡ 雨が降るかもしれません。
➡ 雨降るかも。

❶有可能會晚到。
➡ 遅れるかもしれません。
➡ 遅れるかも。

❷有可能換工作。
➡ 仕事を変えるかもしれません。
➡ 仕事変えるかも。

❸ 有可能不能去。
➡ 行けないかもしれません。
➡ 行けないかも。

這一章的主題是生活會話 100 句，是日常生活中使用頻率最高的句子。每個句子都會有兩種說法，第一句是客氣的說法（丁寧體），第二句則是較為直接的說法（普通體，只能用在親密的朋友和家人等）。

本章學習重點

❶ 多聽幾次 5-1 的常用對話 100 句。

❷ 理解並學會轉換「禮貌的說法」和「直接的說法」。

❸ 跟讀練習（Shadowing）。

LESSON

05

基本生活會話 100 句
練習 A 跟 B 的對話吧！

基本生活會話 100 句

　　本節著重練習一組日常對話的丁寧體和普通體的互換，相信讀者練習過後對於普通體會更加熟悉。日文例句部分老師在影片中會念兩次，第一次先用聽的學習正確發音，第二次請讀者跟著老師一起念（跟讀練習）。

1 A：現在方便嗎？　　　　　　　B：好啊！什麼事？

A：ちょっといいですか？　　　B：はい。何ですか？

A：ちょっといい？　　　　　　B：うん。何？

2 A：你在做什麼？　　　　　　　B：在寫報告。

A：何をしているんですか？　　B：レポートを書いているんです。

A：何してるの？　　　　　　　B：レポート。

3 A：可以跟你借筆嗎？　　　　　B：好啊。

A：ペンを借りてもいいですか？　B：いいですよ。

A：ペン借りてもいい？　　　　B：いいよ。

4 A：我來遲了，對不起。　　　　　B：沒關係

A：<ruby>遅<rt>おく</rt></ruby>れてすみません。　　　B：<ruby>大丈夫<rt>だいじょうぶ</rt></ruby>ですよ。

A：<ruby>遅<rt>おく</rt></ruby>れてごめん。　　　　　B：<ruby>大丈夫<rt>だいじょうぶ</rt></ruby>、<ruby>大丈夫<rt>だいじょうぶ</rt></ruby>。

5 A：廁所在哪裡？　　　　　　　　B：在那邊。

A：トイレはどこですか？　　　B：あちらですよ。

A：トイレどこ？　　　　　　　B：あっち。

6 A：今晚要不要去喝酒？　　　　　B：不好意思。今天沒辦法。

A：<ruby>今晩<rt>こんばん</rt></ruby><ruby>飲<rt>の</rt></ruby>みに<ruby>行<rt>い</rt></ruby>きませんか？　B：すみません。<ruby>今日<rt>きょう</rt></ruby>はちょっと…。

A：<ruby>今晩<rt>こんばん</rt></ruby><ruby>飲<rt>の</rt></ruby>みに<ruby>行<rt>い</rt></ruby>かない？　　B：ごめん。<ruby>今日<rt>きょう</rt></ruby>はちょっと…。

7 A：你有看了新聞嗎？　　　　　　B：有，看了啊。

A：ニュースを<ruby>見<rt>み</rt></ruby>ましたか？　　B：はい。<ruby>見<rt>み</rt></ruby>ました。

A：ニュース<ruby>見<rt>み</rt></ruby>た？　　　　　　B：うん。<ruby>見<rt>み</rt></ruby>た<ruby>見<rt>み</rt></ruby>た。

8 A：一個人沒事嗎？　　　　　　　B：嗯，不用擔心。

A：<ruby>一人<rt>ひとり</rt></ruby>で <ruby>大丈夫<rt>だいじょうぶ</rt></ruby>ですか？　B：はい。<ruby>心配<rt>しんぱい</rt></ruby>しないでください。

A：<ruby>一人<rt>ひとり</rt></ruby>で <ruby>大丈夫<rt>だいじょうぶ</rt></ruby>？　　B：うん。<ruby>心配<rt>しんぱい</rt></ruby>しないで。

9 A：這個怎麼用？　　　　　　　　　　B：我教你。

A：これ、どうやって使うんですか？　　B：教えてあげます。

A：これ、どうやって使うの？　　　　　B：教えてあげる。

10 A：要不要一起去？　　　　　　　　　B：好啊。走吧。

A：一緒に行きませんか？　　　　　　　B：はい。ぜひ。

A：一緒に行かない？　　　　　　　　　B：うん。行く行く。

11 A：你知道田中嗎？　　　　　　　　　B：不知道。

A：田中さんを知っていますか？　　　　B：いいえ、知りません。

A：田中さん知ってる？　　　　　　　　B：ううん、知らない。

12 A：有沒有去過北海道？　　　　　　　B：嗯。有喔。

A：北海道へ行ったことがありますか？　B：はい。あります。

A：北海道行ったことある？　　　　　　B：うん。あるよ。

13 A：要約什麼時候？　　　　　　　　　B：明天如何？

A：いつにしますか？　　　　　　　　　B：明日はどうですか？

A：いつにする？　　　　　　　　　　　B：明日は？

14 A：要幫你忙嗎？　　　　　B：嗯，麻煩你。

　　A：手伝いましょうか？　　　B：はい。お願いします。

　　A：手伝おうか？　　　　　　B：うん。お願い。

15 A：已經五點喔。　　　　　　B：那差不多回家吧。

　　A：もう五時ですよ。　　　　B：じゃ、そろそろ帰りましょう。

　　A：もう五時だよ。　　　　　B：じゃ、そろそろ帰ろう。

16 A：那就明天見。　　　　　　B：好。掰掰。

　　A：それでは、また明日。　　B：はい。さようなら。

　　A：じゃ、また明日。　　　　B：うん。バイバイ。

17 A：好久不見。你好嗎？　　　B：嗯，老樣子。田中你呢？

　　A：お久しぶりです。お元気ですか？

　　B：はい。相変わらずです。田中さんは？

　　A：久しぶり。元気？

　　B：うん。相変わらず。田中は？

18 A：準備好了嗎？　　　　B：對不起。再我等一下。

　　A：準備はできましたか？　B：すみません、もうちょっと待ってください。

　　A：準備できた？　　　　　B：ごめん、もうちょっと待って。

19 A：好厲害喔。　　　　　　　　　　B：還好啦（沒這回事唷）。

A：すごいですね。　　　　　　　　B：そんなことないですよ。

A：すごいね。　　　　　　　　　　B：そんなことないよ。

20 A：（下班時）那我先走了。　　　　B：辛苦了。

A：それでは、お先に失礼します。　　B：お疲れ様です。

A：じゃ、お先に。　　　　　　　　B：お疲れ。

21 A：明天要做什麼？　　　　　　　　B：還沒決定。

A：明日は何をするんですか？　　　　B：まだ決めていません。

A：明日（は）何するの？　　　　　　B：まだ決めてない。

22 A：絕對不要說喔。　　　　　　　　B：好的。知道了。

A：絶対言わないでくださいね。　　　B：はい。分かりました。

A：絶対言わないでね。　　　　　　　B：うん。分かった。

23 A：這用日文怎麼說？　　　　　　　B：是西瓜喔。

A：これは日本語でなんと言いますか？　B：スイカです。

A：これは日本語でなんて言うの？　　B：スイカだよ。

24 A：你有 LINE 嗎？　　　　　　B：有。我們交換吧。

A：LINE やっていますか？　　　B：はい。じゃ、<ruby>交換<rt>こうかん</rt></ruby>しましょう。

A：LINE やってる？　　　　　　B：うん。じゃ、<ruby>交換<rt>こうかん</rt></ruby>しよう。

25 A：懂了嗎？　　　　　　　　　B：大概懂了。

A：<ruby>分<rt>わ</rt></ruby>かりましたか？　　　　　　B：はい。<ruby>大体<rt>だいたい</rt></ruby><ruby>分<rt>わ</rt></ruby>かりました。

A：<ruby>分<rt>わ</rt></ruby>かった？　　　　　　　　　B：うん。<ruby>大体<rt>だいたい</rt></ruby><ruby>分<rt>わ</rt></ruby>かった。

26 A：加油。　　　　　　　　　　B：謝謝。

A：<ruby>頑張<rt>がんば</rt></ruby>ってください。　　　　B：はい。ありがとうございます。

A：<ruby>頑張<rt>がんば</rt></ruby>って。　　　　　　　　B：うん。ありがとう。

27 A：拜託你了。　　　　　　　　B：好的。交給我吧。

A：お<ruby>願<rt>ねが</rt></ruby>いしますね。　　　　　B：はい。<ruby>任<rt>まか</rt></ruby>せてください。

A：お<ruby>願<rt>ねが</rt></ruby>いね。　　　　　　　　B：うん。<ruby>任<rt>まか</rt></ruby>せて。

28 A：現在幾點？　　　　　　　　B：快五點了。

A：いま<ruby>何時<rt>なんじ</rt></ruby>ですか？　　　　B：もうすぐ<ruby>5時<rt>ごじ</rt></ruby>です。

A：いま<ruby>何時<rt>なんじ</rt></ruby>？　　　　　　　B：もうすぐ<ruby>5時<rt>ごじ</rt></ruby>だよ。

29 A：你在看什麼？　　　　　　　B：井上老師的影片。推薦給你喔。

　　A：何を見ているんですか？　B：井上先生の動画です。おすすめですよ。

　　A：何見てるの？　　　　　　B：井上先生の動画。おすすめだよ。

30 A：味道如何？　　　　　　　　B：很好吃喔。

　　A：味はどうですか？　　　　B：とてもおいしいですよ。

　　A：味はどう？　　　　　　　B：すごくおいしいよ。

31 A：有來過嗎？　　　　　　　　B：沒有。第一次。

　　A：来たことありますか？　　B：いいえ、初めてです。

　　A：来たことある？　　　　　B：ううん、初めて。

32 A：草莓看起來好好吃喔。　　　B：真的。

　　A：おいしそうな苺ですね。　B：本当ですね。

　　A：おいしそうな苺。　　　　B：本当だ。

33 A：還要等多久？　　　　　　　　B：差不多五分鐘。

　　A：後、どのくらいかかりますか？　B：五分ぐらいです。

　　A：後、どのくらいかかる？　　　　B：五分ぐらい。

34 A：你有在聽嗎？　　　　　　B：對不起。剛剛有點發呆。

　　A：ちゃんと聞いていますか？　B：すみません。ボーっとしていました。

　　A：ちゃんと聞いてる？　　　　B：ごめん。ボーっとしてた。

35 A：真的很對不起。　　　　　　B：沒關係，請不要在意。

　　A：本当にすみませんでした。　B：大丈夫です。気にしないでください。

　　A：本当にごめんね。　　　　　B：大丈夫。気にしないで。

36 A：我們要吃什麼？　　　　　　B：咖哩如何？

　　A：何を食べますか？　　　　　B：カレーはどうでしょう？

　　A：何食べる？　　　　　　　　B：カレーは？

37 A：你不這麼覺得嗎？　　　　　B：嗯。我也這麼覺得。

　　A：そう思いませんか？　　　　B：はい。私もそう思います。

　　A：そう思わない？　　　　　　B：うん。私もそう思う。

38 A：還不回家喔？　　　　　　　B：嗯。你可以先回去喔。

　　A：まだ帰らないんですか？　　B：はい。先帰っていいですよ。

　　A：まだ帰らないの？　　　　　B：うん。先帰っていいよ。

39 A：你要喝什麼嗎？　　　　　B：嗯。那我要茶。

A：何か飲みますか？　　　　　B：はい。じゃ、お茶をお願いします。

A：何か飲む？　　　　　　　　B：うん。お茶ちょうだい。

40 A：你的包包好可愛喔。　　　　B：謝謝。是男朋友送我的。

A：そのかばんかわいいですね。

B：ありがとうございます。彼氏にもらったんです。

A：そのかばんかわいいね。

B：ありがとう。彼氏にもらったんだ。

41 A：考試考得如何？　　　　　　B：考得不好。

A：テストはどうでしたか？　　　B：全然できませんでした。

A：テストどうだった？　　　　　B：全然できなかった。

42 A：好期待明天的旅行。　　　　B：嗯。希望是好天氣。

A：明日の旅行楽しみですね。　　B：はい。晴れるといいですね。

A：明日の旅行楽しみだね。　　　B：うん。晴れるといいね。

43 A：這是誰的雨傘？　　　　　　B：是我的。

A：これは誰の傘ですか？　　　　B：私のです。

A：これ誰の傘？　　　　　　　　B：私の。

44 A：不好意思。幫我一下好嗎？　　B：嗯。好啊。

　　A：すみません。ちょっと手伝^{てつだ}ってもらえませんか？

　　B：はい。いいですよ。

　　A：ごめん。ちょっと手伝^{てつだ}って。

　　B：うん。いいよ。

45 A：怎麼了？　　　　　　　　　　B：沒事。

　　A：どうしたんですか？　　　　B：なんでもないです。

　　A：どうしたの？　　　　　　　B：なんでもない。

46 A：明天要不要一起去買東西？　　B：對不起。明天沒辦法。

　　A：明日^{あした}買^かい物^{もの}に行^いきませんか？

　　B：すみません。明日^{あした}はちょっと無理^{むり}です。

　　A：明日^{あした}買^かい物^{もの}行^いかない？

　　B：ごめん。明日^{あした}はちょっと無理^{むり}。

47 A：不冷嗎？　　　　　　　　　　B：嗯。沒事。

　　A：寒^{さむ}くないですか？　　　B：はい。大丈夫^{だいじょうぶ}です。

　　A：寒^{さむ}くない？　　　　　　B：うん。大丈夫^{だいじょうぶ}。

48 A：你有喜歡的人嗎？　　　　　　B：現在沒有

A：好きな人はいますか？　　　　B：いいえ。今はいません。

A：好きな人いる？　　　　　　　B：ううん。今はいない。

49 A：你有養寵物嗎？　　　　　　　B：有。養貓。

A：ペットを飼っていますか？　　B：はい。猫を飼っていますよ。

A：ペット飼ってる？　　　　　　B：うん。猫飼ってる。

50 A：你有不喜歡的嗎？　　　　　　B：沒有特別不喜歡的

A：嫌いなものはありますか？　　B：いいえ。特にありません。

A：嫌いなものある？　　　　　　B：ううん。特にないよ。

51 A：你是不是變瘦了？　　　　　　B：真的嗎？

A：痩せましたか？　　　　　　　B：本当ですか？

A：痩せた？　　　　　　　　　　B：本当？

52 A：生日快樂。　　　　　　　　　B：謝謝

A：お誕生日おめでとうございます。　B：ありがとうございます。

A：お誕生日おめでとう。　　　　B：ありがとう。

53 A：可以開冷氣嗎？　　　　　　　　B：好啊。

　　A：クーラーつけてもいいですか？　B：はい。どうぞ。

　　A：クーラーつけてもいい？　　　　B：うん。いいよ。

54 A：要不要咖啡？　　　　　　　　　B：不用。

　　A：コーヒーいりますか？　　　　　B：いいえ、結構です。

　　A：コーヒーいる？　　　　　　　　B：ううん。いらない。

55 A：明天的比賽加油喔。　　　　　　B：好的。我會加油的。

　　A：明日の試合、頑張ってくださいね。B：はい。頑張ります。

　　A：明日の試合、頑張ってね。　　　B：うん。ありがとう。

56 A：有什麼事情的話要告訴我喔。　　B：好的。謝謝。

　　A：何かあったら言ってください。　B：はい。ありがとうございます。

　　A：何かあったら言ってね。　　　　B：うん。ありがとう。

57 A：你休假時做什麼？　　　　　　　B：在家好好休息。

　　A：休日は何をしているんですか？　B：家でのんびりしています。

　　A：休日は何してるの？　　　　　　B：家でのんびりしてる。

58 A：我明天要去旅遊。　　　　　　B：是喔。要去哪裡呢？

A：明日から旅行なんですよ。

B：そうなんですか。どこへ行くんですか？

A：明日から旅行なんだ。

B：そうなんだ。どこ行くの？

59 A：我要出發了。　　　　　　　　B：好的。路上小心喔。

A：行ってきます。　　　　　　　B：はい。気を付けてくださいね。

A：行ってくるね。　　　　　　　B：うん。気を付けてね。

60 A：沒有忘記帶東西嗎？　　　　　B：沒問題。

A：忘れ物はありませんか？　　　B：はい。大丈夫です。

A：忘れ物ない？　　　　　　　　B：うん。大丈夫。

61 A：為什麼在生氣？　　　　　　　B：我沒有生氣啊。

A：どうして怒ってるんですか？　B：怒ってないですよ。

A：なんで怒ってるの？　　　　　B：怒ってないよ。

62 A：你會喝酒嗎？　　　　　　　　B：嗯。會喝一點點。

A：お酒は飲めますか？　　　　　B：はい。少しなら飲めます。

A：お酒飲める？　　　　　　　　B：うん。少しなら飲める。

63 A：對不起。今天不能去了。　　　　　B：是喔。好可惜。

A：すみません。今日行けなくなりました。B：そうですか。残念です。

A：ごめん。今日行けなくなった。　　　B：そっか〜。残念。

64 你有換髮型嗎？　　　　　　　　　　B：嗯。如何，覺得怎樣？

A：髪型変えました？　　　　　　　　　B：はい。どうですか？

A：髪型変えた？　　　　　　　　　　　B：うん。どう？

65 A：還記得我嗎？　　B：當然啊。

A：私のこと覚えていますか？　　　　　B：もちろんですよ。

A：私のこと覚えてる？　　　　　　　　B：もちろん。

66 A：你的日文很好耶。　　　　　　　　　B：沒有啦。

A：日本語お上手ですね。　　　　　　　B：そんなことないですよ。

A：日本語上手だね。　　　　　　　　　B：そんなことないよ。

67 A：明天也要工作嗎？好辛苦喔。　　　　B：沒辦法囉。

A：明日も仕事ですか？大変ですね。　　B：仕方ないですよ。

A：明日も仕事？大変だね。　　　　　　B：仕方ないよ。

68 A：這是你（田中）做的蛋糕嗎？ 好厲害喔。　　B：簡單啦。

A：このケーキ田中さんが作ったんですか？すごいですね。

B：簡単ですよ。

A：このケーキ田中さんが作ったの？すごい!!

B：簡単だよ。

69 A：考試考得如何？　　　　　　B：還可以。

A：テストはどうでしたか？　　　B：まあまあでした。

A：テストどうだった？　　　　　B：まあまあかな。

70 A：你怎麼沒精神？怎麼了？　　　　　B：我跟男朋友吵架了。

A：元気ないですね。どうしたんですか？ B：彼氏とケンカしたんです。

A：元気ないね。どうしたの？　　　　　 B：彼氏とケンカしたんだ。

71 A：錢包掉了喔。　　　　　　B：謝謝。

A：財布落ちましたよ。　　　　B：ありがとうございます。

A：財布落ちたよ。　　　　　　B：ありがとう。

72 A：我該怎麼稱呼你？　　　　B：叫我 MAKO 就好。

A：なんて呼んだらいいですか？ B：まこでいいですよ。

A：なんて呼んだらいい？　　　 B：まこでいいよ。

73 A：要走路去？還是搭計程車去？　　B：我們搭計程車去吧。

A：歩いて行きますか？タクシーで行きますか？

B：タクシーで行きましょう。

A：歩いて行く？タクシーで行く？

B：タクシーで行こう。

74 A：你累了嗎？　　　　　　　　　B：嗯。已經不行了。

A：疲れましたか？　　　　　　　B：はい。もうだめです。

A：疲れた？　　　　　　　　　　B：うん。もうだめ。

75 A：你先預約比較好喔。　　　　　　B：也對。

A：先に予約したほうがいいですよ。　B：そうですね。

A：先に予約したほうがいいよ。　　　B：そうだね。

76 A：會不會太甜？　　B：不會。剛剛好。

A：甘すぎないですか？　B：そんなことないですよ。ちょうどいいです。

A：甘すぎない？　　　B：そんなことないよ。ちょうどいいよ。

77 A：找到鑰匙了嗎？　　　　　　　B：還沒。

A：カギは見つかりましたか？　　　B：いいえ、まだです。

A：カギ、見つかった？　　　　　　B：ううん。まだ。

TIPS 見つかります（一類，自動詞）被發現；被找到。

78 A：趕不上公車喔。　　　　　　　B：已經這個時間喔。

A：バスの時間に間に合わないですよ。B：えっ!!もうこんな時間ですか。

A：バスの時間に間に合わないよ。　B：えっ!!もうこんな時間。

79 A：你住在哪裡？　　　　　　　　B：住在中山站附近。

A：どこに住んでいますか？　　　　B：中山駅の近くです。

A：どこに住んでるの？　　　　　　B：中山駅の近く。

80 A：我去一下便利商店。　　　　　　B：我也要去。

A：ちょっとコンビニへ行ってきます。B：あっ、私も行きます。

A：ちょっとコンビニへ行ってくるね。B：あっ、私も行く。

81 A：你的包包好時尚喔。　　　　　　B：是嗎？我昨天買的。

A：そのかばんおしゃれですね。　　B：本当ですか？昨日買ったんです。

A：そのかばんおしゃれだね。　　　B：本当（に）？昨日買ったんだ。

82 A：有不敢吃的嗎？　　　　　　　　B：不敢吃香菜。

A：苦手な食べ物はありますか？　B：パクチーが苦手です。

A：苦手な食べ物ある？　　　　　B：パクチーが苦手。

83 A：怎麼很開心的樣子。有什麼好事？　　B：其實我考過 N3 了。

A：うれしそうですね。何かあったんですか？

B：実は N ３に合格したんです。

A：うれしそうだね。何かあったの？

B：実は N ３に合格したんだ。

84 A：想起來了嗎？　　　　　　　　B：不行。想不起來。

A：思い出しましたか？　　　　B：だめです。思い出せません。

A：思い出した？　　　　　　　B：だめ。思い出せない。

85 A：想到好主意。　B：是什麼？

A：いいアイデアを思いつきました。B：えっ、なんですか？

A：いいアイデア思いついた。　　B：えっ、なになに？

86 A：你昨天的約會怎麼樣？　　　　B：很愉快。

A：昨日のデートはどうでしたか？　B：楽しかったですよ。

A：昨日のデートどうだった？　　　B：楽しかったよ。

87 A：要不要幫你買什麼回來？　　　B：那麼，麻煩您幫我買咖啡。

A：何か買ってきましょうか？　　　B：じゃ、コーヒーをお願いします。

A：何か買ってこようか？　　　　　B：じゃ、コーヒーお願い。

88 A：我差不多要睡覺囉。　　　　　　B：好的。晚安。

　　A：そろそろ寝ますね。　　　　　　B：はい。おやすみなさい。

　　A：そろそろ寝るね。　　　　　　　B：うん。おやすみ。

89 A：你是做什麼工作？　　　　　　　B：日語老師。

　　A：お仕事は何をされてるんですか？　B：日本語の教師です。

　　A：仕事は何してるの？　　　　　　B：日本語の先生。

TIPS　第一本書的 20-1 有教過，將動詞改為受身形可以變成尊敬語（抬高對方）。
　　　　本例句即：する→される→されて（い）る。

90 A：MAKO 好慢喔……。　　　　　B：來了來了。

　　A：まこさん遅いですね。　　　　　B：あっ、来ましたよ。

　　A：まこ遅いね。　　　　　　　　　B：あっ、来た。

91 A：看起來好好吃喔。可以吃一個嗎？　B：好啊。不用客氣。

　　A：おいしそうですね。一つもらってもいいですか？

　　B：はい、どうぞ遠慮しないで食べてください。

　　A：おいしそう。一つもらってもいい？

　　B：うん、いいよ。遠慮しないで食べて。

92 A：請你快一點。　　　B：不好意思。再等我一下。

A：早<ruby>速<rt>はや</rt></ruby>くしてくださいよ。　　B：すみません。もうちょっと<ruby>待<rt>ま</rt></ruby>ってください。

A：<ruby>早<rt>はや</rt></ruby>くしてよ。　　　B：ごめん。もうちょっと<ruby>待<rt>ま</rt></ruby>って。

93 A：你要點什麼？　　　B：我要冰咖啡。田中呢？

A：<ruby>何<rt>なに</rt></ruby>にしますか？　　B：<ruby>私<rt>わたし</rt></ruby>はアイスコーヒー。<ruby>田中<rt>たなか</rt></ruby>さんは？

A：<ruby>何<rt>なに</rt></ruby>にする？　　　B：<ruby>私<rt>わたし</rt></ruby>はアイスコーヒー。<ruby>田中<rt>たなか</rt></ruby>は？

94 A：你要打起精神喔。　　B：嗯。謝謝。

A：<ruby>元気<rt>げんき</rt></ruby><ruby>出<rt>だ</rt></ruby>してくださいね。　　B：はい。ありがとうございます。

A：<ruby>元気<rt>げんき</rt></ruby><ruby>出<rt>だ</rt></ruby>してね。　　　B：うん。ありがとう。

95 A：要不要幫你叫計程車？　B：好。麻煩您幫我叫一台。

A：タクシー<ruby>呼<rt>よ</rt></ruby>びましょうか？　B：はい。<ruby>1台<rt>いちだい</rt></ruby><ruby>お願<rt>ねが</rt></ruby>いします。

A：タクシー<ruby>呼<rt>よ</rt></ruby>ぼうか？　　B：うん。<ruby>1台<rt>いちだい</rt></ruby><ruby>お願<rt>ねが</rt></ruby>い。

96 A：這不是你（田中）的嗎？　　B：不是啦。

A：これ<ruby>田中<rt>たなか</rt></ruby>さんのじゃないですか？　B：<ruby>違<rt>ちが</rt></ruby>いますよ。

A：これ<ruby>田中<rt>たなか</rt></ruby>さんのじゃない？　　B：<ruby>違<rt>ちが</rt></ruby>うよ。

97 A：去了北海道你想做什麼？　　B：我想吃海鮮或滑雪等等。

A：北海道へ行ったら何をしたいですか？

B：海鮮を食べたりスキーをしたりしたいです。

A：北海道へ行ったら何したい？

B：海鮮食べたりスキーしたりしたい。

98 A：你有兄弟姊妹嗎？　　B：嗯。我有一個姊姊。

A：兄弟はいますか？　　B：はい。姉が一人います。

A：兄弟いる？　　B：うん。姉が一人いるよ。

99 A：你喜歡狗還是貓？　　B：我比較喜歡狗。

A：犬と猫どちらが好きですか？　　B：犬のほうが好きです。

A：犬と猫どっちが好き？　　B：犬のほうが好き。

100 A：你學日語學了多久？　　B：大概三年吧。

A：日本語はどのくらい勉強しましたか？　B：大体三年ぐらいです。

A：日本語はどのくらい勉強したの？　B：三年ぐらいかな。

本章會介紹四種不同情境的生活會話，包含朋友、家庭、公司、觀光。情境不同，講話的方式也會改變。本章我們就多看會話例句，把握各種情境中會話的特徵。讀者在練習聽力的同時，也可以多看動漫或連續劇。如果你想學習簡單生活日語可以看《我們這一家》（あたしんち）或《哆啦Ａ夢》（ドラえもん）等動漫；如果你想學職場日語可以看《半沢直樹》等上班族的連續劇喔。當然也可以多聽井上老師的聽力訓練影片。

本章學習重點

❶ 朋友、家人、工作、觀光，四種情境的日語。
❷ 不需死背，但要聽得懂及練習講話的節奏。

LESSON

06

四種情境對話

不同情境，講話方式也不一樣唷！

朋友會話 50 篇

日本人和朋友聊天通常是用普通體，也常省略助詞或加入一些口語的縮寫變化。在日劇中常常可以看到這樣的對話。不太熟悉的讀者可以複習老師上一本書的第 11 章。

1 A：昨日のドラマ見た？　　　　　　B：見た見た。面白かったね。

　　A：你有看昨天那部劇嗎？　　　　　B：看了看了。好有趣喔。

2 A：明日暇？　　　　　　　　　　　B：うん。どうしたの？

　　A：明天有空嗎？　　　　　　　　　B：有啊。怎麼了？

3 A：ごめん、教科書貸してくれない？　B：いいよ。

　　A：不好意思，可以借我課本嗎？　　B：好啊。

4 A：今何時？　　　　　　　　　　　B：もうすぐ十二時だよ。

　　A：現在幾點？　　　　　　　　　　B：快十二點喔。

5 A：宿題やった？　　　　　　　　　B：まだ。

　　A：作業寫了嗎？　　　　　　　　　B：還沒。

6 A：じゃ、そろそろ行くね。　　　B：うん。また明日。

　　A：那我差不多要走了喔。　　　B：好。那明天見。

7 A：LINE 交換しよう。　　　　　B：いいよ。

　　A：交換 LINE 吧。　　　　　　　B：好啊。

8 A：お昼一緒に食べない？　　　B：いいよ。何食べる？

　　A：要不要一起吃午餐？　　　　B：好啊。吃什麼好呢？

9 A：映画どうだった？　　　　　B：面白かったよ。

　　A：電影如何呢？　　　　　　　B：很有趣唷。

10 A：ほんとごめん。　　　　　　B：いいよ。いいよ。

　　A：真的對不起。　　　　　　　B：沒關係。沒關係。

11 A：テスト勉強した？　　　　　B：全然。どうしよう？

　　A：你有準備考試嗎？　　　　　B：完全沒有。怎麼辦？

12 A：明日、どこで待ち合わせする？　B：駅前に八時はどう？

　　A：明天約在哪裡？　　　　　　B：八點在車站前如何呢？

13 A：昨日何してたの？　　　　　B：昨日？家でずっと寝てたよ。

　　A：昨天你做了什麼？　　　　　B：昨天？一直在家裡睡覺呢。

14 A：風邪？大丈夫？　　　　　　　　　B：うん。薬飲んだから大丈夫。

　　 A：感冒？還好嗎？　　　　　　　　　B：嗯。吃過藥就沒事了。

15 A：怒ってる？　　　　　　　　　　　B：全然。

　　 A：你在生氣嗎？　　　　　　　　　　B：沒有啦。

TIPS 怒ります（一類，自動詞）生氣、發怒。

16 A：なんか書くものある？　　　　　　B：ボールペンでもいい？

　　 A：有可以寫的嗎？　　　　　　　　　B：原子筆可以嗎？

17 A：今、時間ある？　　　　　　　　　B：ごめん、もうちょっと待って。

　　 A：現在有空嗎？　　　　　　　　　　B：對不起，等我一下。

18 A：明日行けそう？　　　　　　　　　B：う～ん。ちょっと厳しいかも。

　　 A：明天可以去嗎？　　　　　　　　　B：嗯～。可能有點困難耶。

19 A：明日、部活行くよね？　　　　　　B：もちろん。なんで？

　　 A：明天會去社團吧？　　　　　　　　B：當然。怎麼了嗎？

20 A：テストいつだっけ？　　　　　　　B：明日じゃなかった？

　　 A：考試是什麼時候？　　　　　　　　B：不是明天嗎？

21 A：学校終わったら、映画見に行かない？　B：いいね。何見る？

A：放學後要不要一起去看電影？　　　B：好啊。看什麼呢？

22 A：どうしたの？なんか悩み事？　B：じつは来月引っ越しなんだ。

A：怎麼了？有心事嗎？　　　B：其實下個月我要搬家了。

23 A：駅前のパン屋さんなくなったんだって。

A：聽說車站前的麵包店關門了。

B：え〜そうなんだ。残念だね。

B：是喔。好可惜喔。

24 A：終電間に合いそう？　B：ぎりぎりかな。急がなきゃ。

A：最後一班車趕得上嗎？　B：有點趕。得快一點。

25 A：あとでコンビニ行ってもいい？　B：いいよ。何買うの？

A：等下可以去超商嗎？。　B：好啊。要買什麼？

26 A：このかばん、彼氏にもらったんだ。B：いいな。私も彼氏欲しいな〜。

A：這個包包是男朋友送我的。　B：好好喔。我也想要交男朋友呢。

27 A：ごめん、十分ほど遅れそう。　B：いいよいいよ、ゆっくりで。

A：對不起，可能會晚到十分鐘。　B：沒關係沒關係。你慢慢來。

28 A：あとでドーナツ食べない？　　B：ごめん、いまダイエット中。

　　A：等一下要不要吃甜甜圈？　　B：對不起，我在減肥。

29 A：その服どこで買ったの？　　B：駅前のデパート。かわいいでしょ。

　　A：你的衣服在哪裡買的？　　B：車站前的百貨公司。可愛吧。

30 A：今日は奢るよ。　　　　　B：ほんとに？やった！！

　　A：今天我請客。　　　　　　B：真的嗎？好耶！

TIPS 奢ります（一類，他動詞），請客。也可以當自動詞使用，「奢侈」的意思。

31 A：もしもし。今何してる？　　B：テレビ見てるところ。どうしたの？

　　A：喂。你現在在幹嘛？　　　B：在看電視。怎麼了？

32 A：その服かわいい。どこで買ったの？

　　A：你的衣服好可愛喔。在哪裡買的？

　　B：いいでしょ。ネットで見つけたんだ。

　　B：不錯吧。在網路看到的。

TIPS 見つけます（二類，他動詞），找到、發現。

33 A：飲み過ぎだって。　　　　B：大丈夫 大丈夫。おかわり〜。

　　A：你喝太多了啦。　　　　　B：沒關係沒關係。再來一杯。

34 A：明日買い物行かない？

A：明天要不要一起去買東西？

B：あっ、ごめん。明日ちょっと用事あるんだ。

B：對不起。明天有點事情。

35 A：顔色悪いよ。風邪？　　　　B：大丈夫。ちょっと疲れてるだけ。

A：你臉色不太好。感冒嗎？　　B：沒事。只是有點累而已。

36 A：ごめん、待った？　　　　　B：全然。私も今来たところ。

A：對不起，等很久了嗎？　　　B：沒有。我也剛到而已。

37 A：見てあの犬。ぬいぐるみみたい。　　B：ほんとだ。かわいいね。

A：你看那隻狗。好像玩偶喔。　　　　B：真的耶。好可愛喔。

38 A：私もできるかな？　　　　B：さあ。やってみたら？

A：我也辦得到嗎？　　　　　　B：不知道。要不要試看看？

39 A：マコちゃんちょっと遅くれるって。　B：あっ、そうなんだ。

A：MAKO 說會晚到。　　　　　　　B：是喔。

40 A：ここに自転車止めてもいいかな？　B：う～ん。どうだろう。

A：腳踏車可以停在這裡嗎？　　　　B：嗯～不確定耶。

41 Ａ：喉乾いたね。なにか飲まない？

Ａ：好渴喔。要不要喝點東西。

Ｂ：たしかに。あっ、あそこに自動販売機あるよ。

Ｂ：說的也是。那邊有自動販賣機。

TIPS 乾きます（一類，自動詞）渴；乾。

42 Ａ：お腹空いたね。　　Ｂ：うん。はやくお昼にならないかなあ。

Ａ：肚子好餓喔。　　Ｂ：對啊。希望午餐時間趕快到。

TIPS 空きます（一類，自動詞），變空。「喉が乾いた」（口渴了）和「お腹が空いた」（肚子餓了）通常用過去式來表示。

43 Ａ：お正月どうするの？　Ｂ：今年は実家に帰ろうと思ってる。

Ａ：你過年怎麼過？　　Ｂ：今年打算回老家過。

44 Ａ：彼氏とうまくいってる？　Ｂ：う～ん。微妙。最近よくケンカするんだ。

Ａ：跟男朋友還順利嗎？　　Ｂ：嗯。很難說。最近常吵架呢。

45 Ａ：ひさしぶり!!今何してるの？Ｂ：今は神戸で日本語教えてるんだ。

Ａ：好久不見。現在在做什麼？　　Ｂ：現在在神戶教日語呢。

46 Ａ：最近痩せたんじゃない？Ｂ：分かる？実はダイエットしてるんだ。

Ａ：你最近是不是變瘦了？　　Ｂ：看得出來嗎？其實我正在減肥呢。

47 A：田中君が入院したの知ってる？

A：你知道田中住院了嗎？

B：えっ、そうなの？じゃ、今度一緒にお見舞い行こうよ。

B：是喔。那我們下次一起去探病吧。

TIPS お見舞いに行く（去探病）。

48 A：まじめに話してるんだからちゃんときいてよ。 B：ごめんごめん。

A：我很認真在講解，要認真聽啦。　　　　　　B：對不起對不起。

49 A：レポート出した？　　　B：えっ、明日じゃなかった？

A：你報告交了嗎？　　　B：咦。不是明天嗎？

50 A：やっぱりタクシーで行かない？ B：そうだね。ちょっと遠そうだし。

A：還是搭計程車去吧？　　　　B：也對。好像很遠的樣子。

家庭會話 50 篇

這一節會舉例 50 組家人之間的對話，類似朋友間的聊天，也是多用普通體但更為親密（省略更多）。另外長輩對子女經常用到的輕微命令句「なさい」，可以複習上一本書的 17-3。

1 A：ご飯できたよ～。

A：飯好了喔。

B：はーい。

B：知道了。

2 A：ちゃんと手洗った？

A：你有洗手了嗎？

B：洗ったよ。

B：有喔。

3 A：ゴミ出しお願いね。

A：麻煩你倒垃圾喔。

B：うん。

B：好。

4 A：クーラー切った？

A：冷氣有關嗎？

B：あっ、忘れた。

B：啊～忘了。

5 A：もう出かけるよ、急いで。

A：要出門了喔，快一點啦。

B：ちょっと待ってよ。

B：等我一下啦。

6 A：洗濯するから洗濯物出して。　　B：はーい。

　　A：要洗的衣服拿出來喔。　　　　　B：好。

7 A：えっ、もう食べたの？　　　　　B：うん。行ってきまーす。

　　A：已經吃了？　　　　　　　　　　B：嗯。我要出門了。

8 A：洗濯物干すの手伝って。　　　　B：今勉強してるから無理。

　　A：幫我曬衣服。　　　　　　　　　B：沒辦法～我在念書。

9 A：お母さん、ティッシュどこ？　　B：トイレの棚にあるでしょ。

　　A：媽，衛生紙在哪裡？　　　　　　B：在廁所櫃子裡吧。

10 A：彼氏できた？　　　　　　　　　B：ほっといてよ。

　　A：有男朋友了嗎？　　　　　　　　B：不要管我啦。

11 A：遊んだらちゃんと片付けなさい。　B：はーい。

　　A：玩完後要整理乾淨。　　　　　　B：好的。

12 A：お母さん、今日のドラマ録画しといてくれない？　B：はいはい。

　　A：媽，幫我錄今天的連續劇好不好？　　　　　　B：好啦好啦。

13 A：ちょっと出かけるから、留守番してくれる？　B：いいよ。どこ行くの？

　　A：我要出去一下，可以幫我看家嗎？　　　　　B：好啊，你要去哪裡？

14 A：ポチの散歩お願いね。　　　　B：え〜今忙しいのに。

A：麻煩帶 POCHI 去散步喔。　　B：欸〜我在忙耶。

15 A：ポチにエサあげた？　　　　B：まだ、今からあげるところ。

A：餵 POCHI 飼料了嗎？　　　B：還沒，正要餵呢。

16 A：はい、今月のお小遣い。　　　B：やった〜。何買おうかな。

A：給你，這個月的零用錢。　　B：好耶，要買什麼好呢？

17 A：私の携帯見なかった？　　　　B：テーブルの上になかった？

A：有沒有看到我的手機？　　　B：沒有在桌上嗎？

18 A：お母さんクーラーつけてもいい？　B：だめ。もったいない。

A：媽，可以開冷氣嗎？　　　　B：不行，太浪費。

19 A：今日雨降るから傘持って行きなさいよ。　B：はーい。

A：今天會下雨，你要帶雨傘出門喔。　　　B：好的。

20 A：帰りに牛乳買って来てくれない？　B：いいよ。

A：回來時可以幫我買個牛奶嗎？　　B：好啊。

21 A：明日お父さんの誕生日だから早く帰ってきてね。

A：明天是爸爸的生日，要早一點回來喔。

B：うん。お母さんプレゼント買った？

B：好的。媽媽有買禮物了嗎？

22 A：部屋の電気つけっぱなしだよ。　　B：あっ、ごめん。忘れてた。

A：房間的燈忘記關喔。　　　　　　B：對不起。忘記了。

23 A：週末家族で旅行へ行かない？　　B：行く行く！京都がいいな。

A：周末要不要全家出去旅遊？　　　B：好啊好啊！我想去京都。

24 A：お風呂沸いたよ。　　　　　　　B：ありがと。じゃ、先入るね。

A：（洗澡）水好了喔。　　　　　　B：謝謝。那我先泡囉。

TIPS 沸きます（第一類，自動詞）煮沸。

25 A：ごちそうさま。　　　　　　　　B：野菜もちゃんと食べなさい。

A：吃飽了。　　　　　　　　　　　B：你要多吃蔬菜。

26 A：今、ピンポーンって言わなかった。

A：剛剛有沒有聽到門鈴的聲音？

B：言ったような。ちょっと見てくる。

B：這麼說好像有，我去看一下。

27 A：お母さん、一生のお願いこれ買って。　B：だめ。我慢しなさい。

　　A：媽，求求你買這個給我。　　　　　　B：不行。要忍耐。

TIPS　「一生のお願いだから」是固定用法，在口語可以省掉「だから」。

28 A：学校の生活はどう？慣れた？　B：うん。友達もできたし、楽しいよ。

　　A：學校的生活怎麼樣？習慣了嗎？B：嗯。也交了朋友，滿開心的。

TIPS　慣れます（二類，自動詞）習慣；適應。

29 A：あれっ、ここに鍵なかった？　B：またどっかやったの？

　　A：咦？鑰匙不是在這裡嗎？　　　　B：又弄不見了喔。

30 A：お母さんいつもありがとう。　B：どうしたの急に？お小遣い？

　　A：媽媽，謝謝您平日的愛護喔。　B：怎麼這麼突然？缺錢？

31 A：今日は寒いから暖かくしたほうがいいよ。

　　A：今天會冷，穿暖一點比較好喔。

　　B：うん。じゃ、マフラーしていく。

　　B：好的。那我戴圍巾去。

32 A：コンビニ行くけど、何か欲しいものある？　B：じゃ、お茶お願い。

　　A：我要去超商，有什麼要買的嗎？　　　　　　B：那麻煩幫我買罐茶。

33 A：ピーマン残してもいい？　　　B：だめ。ちゃんと食べなさい。

A：青椒可以不吃嗎？　　　　　B：不行。全部要吃完。

34 A：今日部活で遅くなるね。　　　B：帰り道気を付けてね。

A：今天有社團會晚一點回家。　B：回家路上要小心喔。

35 A：回覧板お隣さんに渡してきて。　B：いいよ。

A：麻煩你把傳閱板拿給隔壁鄰居。　B：好啊。

36 A：おじいちゃんからりんご届いたよ。　B：やった。

A：爺爺寄蘋果來了喔。　　　　B：好耶。

37 A：ご飯まだ？　　　　　　　　B：もうすぐだから我慢しなさい。

A：飯還沒好嗎？　　　　　　　B：快好了。再忍耐一下。

38 A：まだ起きてるの？早く寝なさい。　B：明日試験なんだもん。

A：怎麼還沒睡？趕快睡覺。　　B：因為明天有考試嘛。

39 A：コーヒーいれようか？　B：ありがとう。砂糖多めでお願い。

A：要幫你泡咖啡嗎？　　　B：謝謝。麻煩糖放多一點。

40 A：お父さん遅いね。　　　B：うん。残業かな。

A：爸爸好晚喔。　　　　　B：對啊。大概加班吧。

41 A：お母さん出かけるから、いい子にしててね。　B：はーい。

　　A：媽媽要出門了，你要乖乖喔。　　　　　　B：好的。

42 A：今日テストで一百点取ったよ。　　B：えっ、本当？

　　A：今天的考試，我考一百分。　　　　　B：真的？

43 A：明日の試合見に来てくれるの？　B：もちろん。お父さんと二人で行くね。

　　A：明天的比賽要來看嗎？　　　　　B：當然。我會跟爸爸一起去喔。

44 A：昨日から咳してるけど大丈夫？　　B：うん。薬飲んだから大丈夫。

　　A：你從昨天開始就在咳嗽，還好吧？　B：嗯。我有吃藥了，別擔心。

45 A：また部屋散らかして!!　　　　B：今片づけるよ。

　　A：又把房間弄得亂七八糟！　　　B：我馬上整理啦。

46 A：お父さんがケーキ買ってきたよ。　B：え〜めずらしいね。

　　A：爸爸有買蛋糕回來喔。　　　　　　B：咦。好難得喔。

47 A：お母さん、歯磨き粉きれてるよ。B：あっ、ごめん。今日買ってくるね。

　　A：媽，牙膏沒了。　　　　　　　　B：對不起。今天我去買。

48 A：なんか臭くない？お父さんおならしたでしょ？B：ごめんごめん。

　　A：怎麼有點臭？爸爸你是不是放屁了？　　　　B：抱歉抱歉。

49 A：ここに置いてあった雑誌知らない？　　B：ごめん。捨てちゃった。

A：放在這裡的雜誌，你知道在哪嗎？　　B：對不起，不小心丟掉了。

50 A：旅行の間、植木の水やりお願いね。　　B：了解。楽しんできてね。

A：我去旅遊的時候，麻煩幫樹澆水喔。　　B：好的。玩得開心點喔。

06

四種情境對話

公司會話 50 篇

　　公司的會話和朋友及家人間的對話完全不同，職場是一個注重上下階層的場域，在公司上班與面對客戶主要以丁寧體和敬語為主，語氣也會非常委婉，避免直來直往，所以句子看起來會長很多。商業日語是一門非常專精的領域，讀者對這方面有興趣的話需要多多鑽研。本節會先介紹最基本的 50 組對話。

1 A：仕事終わったら飲みに行きませんか？　B：いいですね。

　　A：工作結束後要不要去喝一杯？　　　　B：好啊。

2 A：わざわざありがとうございました。　B：いえいえ、とんでもないです。

　　A：謝謝你專程過來。　　　　　　　　　B：不會不會，小事一件。

3 A：ご結婚は？　　　　　　　　　　　　B：いいえ。まだ独身です。

　　A：您結婚了嗎？　　　　　　　　　　　B：沒有。還是單身。

4 A：何か意見はありますか？　　　　　　B：特にありません。

　　A：有什麼意見嗎？　　　　　　　　　　B：沒有。

5 A：すみません。ちょっとよろしいでしょうか？　B：はい。何でしょう？

A：不好意思，現在方便嗎？　　　　　　B：好。什麼事呢？

6 A：ずいぶん涼しくなりましたね。　B：そうですね。

A：變冷很多呢。　　　　　　B：是啊。

7 A：一緒にお昼行きませんか？　　B：すみません。まだ仕事があるので。

A：要不要一起去吃個午餐？　B：不好意思，我手上還有工作。

8 A：来週の忘年会楽しみですね。

A：好期待下星期的尾牙呢。

B：実は、用事があって参加できないんですよ。

B：其實我有事，不能參加。

9 A：よかったら今度一緒にゴルフ行きませんか？　B：いいですね。是非。

A：如果方便，下次要不要一起去打高爾夫？　　B：好啊。一定。

10 A：コピーしましょうか？　　　　B：あっ、お願いします。

A：要幫你影印嗎？　　　　　　B：麻煩你了。

11 A：ご心配をおかけいたしました。　B：大変でしたね。

　 A：讓您擔心了。　　　　　　　　　B：您辛苦了。

12 A：もう一軒どうですか？　　　　　B：行きましょう！

　 A：要不要去下一間？　　　　　　　B：好啊。走吧。

13 A：井上さんっておいくつですか？　B：今年で四十歳です。

　 A：井上先生您幾歲？　　　　　　　B：今年四十歲。

14 A：山田さんはどちらにお住まいなんですか？

　 A：山田先生您住在哪裡？

　 B：神戸駅の近くに住んでいます。

　 B：我住神戶車站附近。

15 A：これお土産です。よかったら皆さんで食べてください。

　 A：這是土產。請大家嚐嚐看。

　 B：ご丁寧にありがとうございます。

　 B：謝謝您的好意。

16 A：日本の生活はどうですか？　　　B：はい。もう大分慣れました。

　 A：在日本過得怎麼樣？　　　　　　B：已經習慣很多了。

17 A：ゴルフお上手ですね。　　　B：そんなことないですよ。

　　 A：您高爾夫打得很好呢。　　　B：您過獎了。

18 A：いつまで、日本におられるんですか？ B：明後日台湾へ帰る予定です。

　　 A：在日本會到待什麼時候？　　　B：後天要回台灣。

19 A：お茶、どうぞ。熱いので気を付けてください。 B：あっ、すみません。

　　 A：請喝茶。小心燙喔。　　　　　　　B：不好意思。

20 A：いつもお世話になっております。

　　 A：平時受您不少關照。

　　 B：こちらこそお世話になっております。

　　 B：我才是被關照的人。

21 A：週末はどこか行かれましたか？ B：家族と海に行きました。

　　 A：周末有要去哪裡玩嗎？　　　B：跟家人去海邊玩。

22 A：今お時間大丈夫ですか？　　B：はい。どうされました？

　　 A：現在有空嗎？　　　　　　B：有啊。怎麼了？

23 A：お子さんは？　　　　　　B：小学生の娘が一人います。

　　 A：您有小孩嗎？　　　　　　B：有一個國小的女兒。

TIPS 「お子さん」是尊稱別人的小孩。

24 A：会議の資料明日までに準備してもらえる？　B：分かりました。

A：明天之前可以幫我準備好開會的資料嗎？　　B：知道了。

25 A：張さん、日本語上達しましたね。　B：そんなことないですよ。

A：張先生，您的日語進步很多呢。　　B：沒有啦。

26 A：コピー終わったんですが、どこに置いたらいいですか？

A：我影印好了，放哪裡好呢？

B：じゃ、そこのデスクに置いください。

B：那麻煩您放在那邊桌上。

27 A：田中部長、移動になったらしいですよ。

A：田中部長好像調動了。

B：そうなんですか。どこの部署ですか？

B：是喔。到哪一個部門呢？

28 A：今日も残業ですか？無理しないでくださいね。

A：今天也要加班嗎？不要太累喔。

B：ありがとうございます。

B：謝謝您。

29 A：もしもし、台湾電気です。

A：您好。這裡是台灣電氣。

B：日本電気の井上と申しますが、田中部長はおられますか？

B：我是日本電氣的井上，請問田中部長在嗎？

30 A：田中部長によろしくお伝えください。　　B：はい。分かりました。

A：請替我和田中部長問個好。　　　　　　B：好的。我會的。

31 A：お酒は飲めますか？　　　　　　　　　B：はい。少しなら。

A：你會喝酒嗎？　　　　　　　　　　　　B：一點點的話可以。

32 A：田中さん顔色悪いですね。　　　　　　B：実は二日酔いなんですよ。

A：田中先生，你的臉色不太好喔。　　　　B：其實我還在宿醉呢。

33 A：明日から三連休ですね。

A：從明天起三連休呢。

B：そうですね。どこか行かれるんですか？

B：是啊。你有要去哪裡嗎？

34 A：今日の飲み会参加しますか？

A：你會參加今天的聚會嗎？

B：すみません。給料日前なんでちょっと…。

B：真抱歉。因為還沒發薪水，所以……。

35 A：明日から東京出張なんですよ。　B：最近出張多いですね。

A：明天起我要去東京出差。　　　　B：你最近很常出差呢。

36 A：ただいまもどりました。　　　B：おかえりなさい。

A：我回來了。　　　　　　　　　　B：歡迎回來。

37 A：お先に失礼いたします。　　　B：お疲れさまでした。

A：我先走了。　　　　　　　　　　B：辛苦了。

38 A：日本電気の井上と申します。　B：台湾電気の陳と申します。

A：我是日本電氣的井上。　　　　　B：我是台灣電氣，敝姓陳。

39 A：あれっ、部長は？　　　　　　B：今日は直帰したよ。

A：部長呢？　　　　　　　　　　　B：今天直接回家了喔。

40 A：田中さん今月の売り上げすごいですね。　B：たまたまですよ。

A：田中先生，你這個月的業績好厲害喔。　　B：運氣好而已啦。

41 A：部長。今日はご馳走して頂きありがとうございます。

A：部長，謝謝您今天請我吃飯。

B：いいよいいよ。

B：小事小事。

42 A：この度は大変申し訳ございませんでした。

A：這次真的非常抱歉。

B：今度から気を付けてくださいね。

B：今後一定要注意喔。

43 A：台風の影響で三十分ほど遅れそうです。

A：因為颱風的關係，可能會晚到三十分鐘。

B：分かりました。気を付けてくださいね。

B：知道了。路上小心！

44 A：分からないことがあるのですが、いまお時間宜しいでしょうか？

A：我有些地方不懂，現在方便問您嗎？

B：いいですよ。なんでしょうか？

B：好啊。什麼事呢？

45 A：体調が悪いので、今日はお休みさせて頂けますか？

A：我身體不舒服，今天可以請假嗎？

B：分かりました。お大事に。

B：知道了。請保重。

46 A：本社はどちらにありますか？　　B：東京にあります。

A：總公司在哪裡呢？　　B：在東京。

47 A：悩み事ですか？　　　　　　　　B：実は会社を辞めようと思って。

A：你有心事嗎？　　　　　　　　　B：其實我打算離職。

48 A：昇進おめでとうございます。　　　B：ありがとうございます。

A：恭喜升職。　　　　　　　　　　B：謝謝。

49 A：この領収書は経費でおちますか？　B：はい。大丈夫ですよ。

A：這張收據可以報公帳嗎？　　　　B：可以，沒問題唷。

50 A：最近、景気はどうですか？　　　　B：さっぱりです。

A：最近景氣怎麼樣？　　　　　　　B：完全不行。

觀光會話 50 篇

　　觀光會話是外國人去到日本時最常接觸的，無論是交通工具、店面、旅館都會聽到這種句型，可是初學者常會覺得自己怎麼完全聽不懂。這是因為服務業用的語句，其實是非常高級的敬語，所以才會覺得很有距離感。不過沒關係，只要把最基本的50組場景對話背熟，就可以大致理解服務人員的問題囉。

1 A：お支払いは？

　　A：您的付款方式是？

B：別々でお願いします。

B：請分開結帳。

2 A：予約した井上です。

　　A：我是有預約的井上。

B：お待ちしておりました。

B：等您很久了。

3 A：すみません、お水もらえますか？

　　A：不好意思，可以給我水嗎？

B：はい。少々お待ちください。

B：好的。請稍等。

TIPS 「少々」是「少し」的敬語表現。

4 A：温めは？

　　A：要加熱嗎？

B：お願いします。

B：好。

5 A：店内でお召し上がりですか？　B：テイクアウトでお願いします。

A：您要內用嗎？　B：我要外帶。

TIPS 「召し上がります」是「飲みます」「食べます」的尊敬語。

6 A：袋はご利用ですか？　B：結構です。

A：您要袋子嗎？　B：不用。

7 A：ご注文は？　B：とりあえず生ください。

A：您要點什麼？　B：先來個生啤酒。

8 A：サイズは如何ですか？　B：ぴったりです。

A：尺寸大小如何呢？　B：剛剛好。

TIPS 「如何」是「どう」（怎麼樣）的尊敬語。

9 A：何名様ですか？　B：大人二人、子供二人です。

A：請問幾位呢？　B：兩大兩小。

10 A：お会計をお願いします。　B：はい。少々お待ちくださいませ。

A：請幫我結帳。　B：好的。請稍等。

11 A：何か困ったことがあったら、言ってください。

A：有什麼問題請告訴我。

B：はい。ありがとうございます。

B：好的。謝謝您。

12 A：この電車は渋谷へ行きますか？

A：這班電車會到澀谷嗎？

B：はい。でも次の快速のほうが早いですよ。

B：有。但下一班快速車比較快喔。

13 A：おタバコは吸われますか？ 　B：いいえ、吸いません。

A：您有抽菸嗎？ 　B：沒有，沒抽菸。

14 A：どちらからいらしたんですか？ B：台湾から来ました。

A：您是從哪裡來的？ 　B：從台灣來的。

15 A：ごちそうさまです。おいしかったです。

A：吃飽了。很好吃。

B：ありがとうございます。ぜひまたいらしてください。

B：謝謝您。觀迎您再度光臨。

16 A：これはどこのワインですか？　　B：フランスのワインでございます。

　　A：這是哪個產地的葡萄酒？　　　B：是法國的葡萄酒。

17 A：おすすめはありますか？　B：そうですね。これなんてどうでしょう？

　　A：您有推薦的嗎？　　　　　　B：我想想。這個如何呢？

18 A：写真を撮ってもいいですか？　　B：はい。大丈夫ですよ。

　　A：可以拍照嗎？　　　　　　　　B：可以喔。

19 A：ポイントカードはお持ちですか？　B：いいえ。持ってません。

　　A：您有集點卡嗎？　　　　　　　　B：我沒有。

20 A：荷物を預かってもらえませんか？　B：かしこまりました。

　　A：可不可以寄放行李？　　　　　　B：沒有問題。

TIPS 「預かります」（一類，他動詞）幫忙保管。
　　　「かしこまりました」是「分かりました」（瞭解了）的謙讓語。

21 A：すみません、お湯が出ないんですが。

　　A：不好意思，沒有熱水耶。

　　B：大変失礼いたしました。今すぐお部屋に伺います。

　　B：真抱歉。我現在就過去您的房間。

TIPS 「伺います」是「聞きます」、「尋ねます」、「訪れます」（造訪）的謙讓語。

22 A：清水寺へ行きたいんですが、どうやって行ったらいいですか？

A：我想去清水寺，請問怎麼去呢？

B：この道をまっすぐ行くとありますよ。

B：這條路直直走就會到喔。

23 A：すみません。切符売り場はどこですか？

A：不好意思，請問售票處在哪裡？

B：あそこにありますよ。

B：就在那裡唷。

24 A：どこで乗り換えたらいいですか？

A：請問要在哪裡換車呢？

B：大阪で地下鉄に乗り換えてください。

B：請您在大阪換地鐵。

25 A：このクーポンは使えますか？　　　B：はい。ご利用いただけます。

A：這個折價券可以用嗎？　　　　　B：可以用。

26 A：飲み放題はありますか？　　　　B：はい。九十分1500円です。

A：有喝到飽嗎？　　　　　　　　　B：有的。九十分鐘1500日幣。

27 A：ラストオーダーのお時間ですが、如何いたしましょう？

A：最後點餐時間到了，還需要什麼嗎？

B：大丈夫です。

B：不用了（不需要）。

28 A：これより少し大きいサイズはありますか？

A：有比這件大一點的尺寸嗎？

B：すみません。今在庫がございません。

B：不好意思，現在沒有庫存。

29 A：すみません。あれと同じものを一つ。 B：かしこまりました。

A：不好意思，我要跟那個一樣的。 B：知道了。

30 A：領収書をお願いします。 B：宛名は如何なさいますか？

A：麻煩給我收據。 B：抬頭要寫什麼？

31 A：ビールおかわりお願いします。 B：かしこまりました。

A：請再給我一杯啤酒。 B：好的。

32 A：袋は結構です。 B：ありがとうございます。

A：不用袋子。 B：謝謝您。

33 A：どちらまで？　　　　　　　　B：東京駅までお願いします。

A：請問您要到哪裡？　　　　　　B：麻煩您到東京車站。

34 A：SUICA をチャージしたいんですが…。　B：この券売機でできますよ。

A：我想儲值 SUICA。　　　　　　　　　B：用這個售票機就可以喔。

35 A：免税はできますか？　　　　　B：はい。パスポートをお願いします。

A：可以免税嗎？　　　　　　　　B：可以。請給我您的護照。

36 A：日本に来た目的はなんですか？　B：観光です。

A：您來日本的目的是什麼？　　　B：是觀光旅遊。

37 A：このかばんの中身はなんですか？　　B：子供のお菓子です。

A：這個包包裡面有什麼？　　　　　　B：是小孩子的零食。

38 A：窓側と通路側どちらがいいですか？　B：窓側でお願いします。

A：您要靠窗還是靠走道的座位？　　　B：請給我靠窗的。

39 A：このバスは神戸三宮行ですか？　B：はい。あと五分で出発です。

A：這班巴士是往神戶三宮嗎？　　　B：是的。再五分鐘就出發。

40 A：チェックインお願<ねが>いします。

A：我要 CHECK IN。

B：それでは、お名前<なまえ>とパスポートをお願<ねが>いします。

B：麻煩您給我名字和護照。

41 A：朝食<ちょうしょく>は何時<なんじ>からですか？　B：朝六時<あさろくじ>から九時<くじ>までとなっております。

A：早餐是幾點開始？　　　　B：早上六點到九點。

42 A：この切符<きっぷ>は一日<いちにち>乗<の>り放題<ほうだい>ですか？

A：這個車票是一日券嗎？

B：はい。阪急線<はんきゅうせん>はすべて乗<の>り放題<ほうだい>です。

B：是的。所有阪急線都可以搭。

43 A：小分<こわ>けの袋<ふくろ>をお願<ねが>いします。

A：請給我分裝用小袋。

B：かしこまりました。三<みっ>つでよろしいでしょうか？

B：好的。三個可以嗎？

44 A：何分<なんぷん>ぐらい待<ま>ちますか？

A：要等幾分鐘呢？

B：大体三十分<だいたいさんじゅっぷん>くらいはかかると思<おも>います。

B：大概要三十分鐘左右。

45 A：子供用のスプーンとフォークをもらえますか？

A：麻煩您給我小孩子用的湯匙和叉子。

B：はい。少々お待ちください。

B：好的。請稍等。

46 A：注文した料理がまだ来てないんですが…。

A：我點的料理還沒有來。

B：失礼いたしました。確認してまいります。

B：真是不好意思，我確認一下。

47 A：予約したいんですが…。

A：我想預約。

B：かしこまりました。それではお名前をお願いします。

B：好的。麻煩給我您的名字。

48 A：これ、壊れてるみたいなんですが…。

A：這個好像有故障。

B：すみません。見てみますね。

B：不好意思，我看一下。

49 A：カバーをおつけいたしますか？　B：お願いします…。

A：要裝書套嗎？　　　　　　　B：好的。

50 A：この料理にたまごは入っていますか？

A：這道料理有放蛋嗎？

B：いいえ。たまごは使っておりません。

B：沒有，沒使用雞蛋。

本章要學習的是讓日文會話更加自然的進階技巧。其實仔細觀察，就會發現日本人的回話是有一個模式的，那就是先聽對方講完一段話之後，不要立刻回答，而是先說一句「附和語」或「感情表現」，再加上一句反問。例如以下的對話例中，「好好喔」就是「感情表現」，「跟誰一起去呢？」就是反問。「附和語」或「感情表現」的用意，是可以讓對方感覺被肯定並且自己也能有所緩衝（可以思考後續的提問）。知道這個模式並刻意練習的話，就可以讓對話自然流暢地繼續下去了。

【會話流程】
對方：開啟話題
自己：附和語或感情表現＋反問句

【會話例】
A：来週から日本へ行くんですよ。
　　我下個禮拜要去日本呢。
B：え〜いいですね。誰と行くんですか？
　　好好喔。跟誰一起去呢？
A：家族とです。
　　跟家人。

本章學習重點
❶ 附和語和感情表現
❷ 疑問詞的用法（反問句怎麼說）
❸ 綜合練習

LESSON

07

讓日文會話進步的小技巧

怎樣聊天更像日本人？

學會日本人的「附和用語」和「感情表現」

　　讓對話的語氣婉轉一點，是跟日本人聊天的一大重點。所以學會使用本節所教的「附和用語」就變得十分重要。保證讓日本人覺得你聊天方式非常「日式」又舒服唷。本節先介紹 5 句常用的附和用語和最常見的感情表現（讚美別人）。

1. 五句常用的附和用語

❶ 是喔。

➡ へ～そうなんですね。（客氣）

➡ へ～そうなんだ。（直接）

【公司內的對話】
A：田中さん、会社辞めるそうですよ。　B：へ～そうなんですね。
A：聽說田中先生要辭職喔。　　　　　　B：欸～是喔。

❷ 真的假的？

➡ えっ、本当ですか？（客氣）

➡ えっ、マジで！？（直接）

【朋友間的對話】
A：明日台風来るらしいよ。　B：えっ、マジで？
A：明天颱風好像會來喔。　　B：真假？

212

❸ 就是啊。

➡ そうなんですよ。（客氣）

➡ ほんとそれ。（直接）

【朋友間的對話】

A：テストいやだな～。　　B：ほんとそれ。

A：好討厭考試喔。　　　　B：就是啊。

❹ 我懂（那種感覺）。

➡ あ～分かります。（客氣）

➡ あ～分かる分かる。（直接）

【公司內的對話】

A：こんなに暑いとどこも行きたくないですよね。B：あ～分かります。

A：這麼熱的話哪裡都不想去呢。　　　　　　　B：我懂。

❺（你說的）也是。

➡ 確かにそうですね。（客氣）

➡ 確かに。（直接）

【公司內的對話】

A：田中さん最近元気ないよね。　　B：あ～確かにそうですね。

A：田中先生好像最近沒什麼精神呢。　B：說的也是。

2. 常用的感情表現（稱讚別人）

❶ 那個包包好可愛喔。

➡ そのかばんかわいいですね。

❷ 你頭髮好漂亮喔。

➡ きれいな髪ですね。

❸ 你的鞋子好帥呢。

➡ その靴かっこいいですね。

❹ 你好厲害喔。

➡ すごいですね。

❺ 不愧是部長呢。

➡ さすが部長。

❻ 好棒的房子喔。

➡ 素敵なお家ですね。

疑問詞的用法

　　我們已經學會在聊天的時候，可以使用「附和用語」或「感情表現」。附和完對方之後，下一步就是加一句反問來延續對話。所以本節就來學習「疑問詞」的用法。所謂的疑問詞其實就是英語中的 5W1H，分別是 When（いつ）、Where（どこ）、What（なに；なん）、Why（どうして；なんで）、How（どう）、WHO（だれ）。

1. いつ：什麼時候

いつ用法基本篇

❶ 什麼時候？

➡ いつですか？

❷ 到什麼時候？

➡ いつまでですか？

❸ 從什麼時候開始？

➡ いつからですか？

❹ 你什麼時候方便？

➡ いつがいいですか？

❺ 我們要約什麼時候？

➡ いつにしますか？

いつ的應用練習

❶ 你什麼時候要去日本呢？

➡ いつ日本へ行くんですか？

❷ 你什麼時候到的？

➡ いつ着いたんですか？

❸ 什麼時候都可以喔。

➡ いつでもいいですよ。

❹ 第一次見面是什麼時候？

➡ 初めて会ったのはいつですか？

❺ 什麼時候會弄好？

➡ いつできるんですか？

2. どこ：哪裡

どこ用法基本篇

❶ 廁所在哪裡？

➡ トイレはどこですか？

❷ 你要去哪裡？

➡ どこへ行くんですか？

❸ 你從哪裡來的？

➡ どこから来たんですか？

❹ 我們約在哪裡呢？

➡ どこにしますか？

➡ どこで会いますか？

❺ 哪裡都可以喔。

➡ どこでもいいですよ。

どこ的應用練習

❶ 包包在哪裡？

➡ かばんはどこですか？

➡ かばんはどこにありますか？（無生命）

❷ 貓在哪裡？

➡ ねこはどこですか？

➡ ねこはどこにいますか？（有生命）

❸ 你跟他在哪裡認識的？

➡ 彼とはどこで知り合いましたか？

❹ 你有沒有想去哪裡？
➡ どこか行<ruby>行<rt>い</rt></ruby>きたいところがありますか？

❺ 因為假日，所以哪裡都是人山人海。
➡ <ruby>休日<rt>きゅうじつ</rt></ruby>なのでどこも<ruby>人<rt>ひと</rt></ruby>でいっぱいです。

3. なに（なん）：什麼

「何」有兩種念法，なに或なん？基本意思為なに（什麼樣的），例如「何色」（なにいろ，什麼顏色）。若要問的是「數量」，就是なん（多少）。例如「何色」（なんしょく，多少種顏色）、何階（なんかい，幾樓）、何人（なんにん，幾個人）。再來，為了好念，當後面接な行（N）、だ行（D）、た行（T），發音也常變成「なん」。例：なんで（為何？）／なんの話？（在說什麼？）。

なに（なん）用法基本篇

❶ 那是什麼？（對方拿的東西）
➡ それはなんですか？
➡ それなに？

❷ 你在做什麼？
➡ なにをしているんですか？

❸ 你想要什麼？
➡ なにがほしいですか？

❹ 什麼都可以。
➡ なんでもいいです

❺ 什麼都不要。
➡ なにもいりません

なに（なん）的應用練習

❶ 運動當中你最喜歡什麼？
➡ スポーツでなにが一番好きですか？

TIPS 這裡的「で」是表達限定範圍的助詞。

❷ 你明天打算要做什麼？
➡ 明日なにをするつもりですか？

❸ 我應該要做什麼？
➡ なにをしたらいいですか？

❹ 你想說什麼？
➡ なにが言いたいんですか？

❺ 你明天有什麼事要做嗎？

➡ 明日<ruby>明日<rt>あした</rt></ruby>なにか<ruby>予定<rt>よてい</rt></ruby>がありますか？

4. どうして（なんで）：為什麼

どうして（なんで）用法基本篇

❶ 為什麼？

➡ どうしてですか？

➡ なんでですか？

❷ 你為什麼不去呢？（否定）

➡ どうして<ruby>行<rt>い</rt></ruby>かないんですか？

➡ なんで<ruby>行<rt>い</rt></ruby>かないんですか？

❸ 你為什麼遲到呢？（過去）

➡ どうして<ruby>遅<rt>おく</rt></ruby>れたんですか？

➡ なんで<ruby>遅<rt>おく</rt></ruby>れたんですか？

❹ 你昨天為什麼不來呢？（過去否定）

➡ <ruby>昨日<rt>きのう</rt></ruby>どうして<ruby>来<rt>こ</rt></ruby>なかったんですか？

➡ <ruby>昨日<rt>きのう</rt></ruby>なんで<ruby>来<rt>こ</rt></ruby>なかったんですか？

❺ 為什麼在哭呢？（現在進行）

➡ どうして<ruby>泣<rt>な</rt></ruby>いているんですか？

➡ なんで<ruby>泣<rt>な</rt></ruby>いているんですか？

TIPS 泣きます（一段，自動詞）哭泣。

どうして（なんで）的應用練習

❶ 你為什麼喜歡她？
➡ どうして彼女が好きなんですか？
➡ なんで彼女が好きなんですか？

❷ 你為什麼沒精神？
➡ どうして元気が無いんですか？
➡ なんで元気が無いんですか？

❸ 你為什麼這樣想？
➡ どうしてそう思うんですか？
➡ なんでそう思うんですか？

❹ 我不知道為什麼失敗。
➡ どうして失敗したか分かりません。
➡ なんで失敗したか分かりません。

❺ 為什麼在生氣？（現在進行）
➡ どうして怒っているんですか？
➡ なんで怒っているんですか？

5. どう：怎麼

～～～～～～～～～～～～～～～～～～～～～～～～～～～～～～

どう用法的基本篇

❶ 怎麼了？

➡ どうしたんですか？

❷ 最近怎麼樣？

➡ 最近どうですか？

❸ 旅遊怎麼樣？（過去）

➡ 旅行はどうでしたか？

❹ 你覺得怎麼樣？

➡ どう思いますか？

❺ 我們怎麼去？

➡ どうやって行きますか？

どう的應用練習

❶ 考試考得怎麼樣？

➡ テストはどうでしたか？

❷ 怎麼回事？

➡ どういうことですか？

❸ 怎麼辦？

➡ どうしましょう？

❹ 你打算怎麼回去？

➡ どうやって帰るつもりですか？

❺ 我該怎麼學習比較好呢？

➡ どうやって勉強したらいいですか？

6. だれ：誰

だれ用法的基本篇

❶ 你是誰？

➡ どなたですか？

➡ だれですか？

TIPS 「どなた」是比「だれ」更為尊敬的用法。

❷ 這是誰的？

➡ これはだれのですか？

❸ 你跟誰去？

➡ だれと行くんですか？

❹ 有人來了喔。

➡ だれか来ましたよ。

❺ 誰送你的？

➡ だれからもらいましたか？

➡ だれがくれましたか？

だれ的應用練習

❶ 誰說的？

➡ だれが言いましたか？

❷ 你知道他是誰嗎？

➡ 彼がだれか知っていますか？

❸ 有沒有人來幫忙？

➡ だれか手伝ってくれませんか？

❹ 誰的錯？

➡ だれのせい？

❺ 有人在嗎？

➡ だれかいますか？

綜合練習

　　如果跟日本人聊天遇到以下情境，該怎麼接話回答？答案只是提供範例。
不要忘記加入本章的重點：「附和語 or 感情表現」＋反問句。

❶ 與公司同事的對話
　　A：昨日友達と映画を見に行ったんですよ。

　　B：＿＿＿＿＿＿＿＿＿＿＿＿＿＿＿＿＿＿＿＿＿＿＿

　　　　　　　　　　　　回答例 へ～そうなんですか。何を見たんですか？

❷ 朋友之間的對話
　　A：明日彼氏とデートなんだ。

　　B：＿＿＿＿＿＿＿＿＿＿＿＿＿＿＿＿＿＿＿＿＿＿＿

　　　　　　　　　　　　回答例 えっ、いいなあ～。どこ行くの？

❸ 朋友之間的對話
　　A：実は車買ったんだ。

　　B：＿＿＿＿＿＿＿＿＿＿＿＿＿＿＿＿＿＿＿＿＿＿＿

　　　　　　　　　　　　回答例 えっ、すごい！！どんな車？

❹ 與附近熟人的對話
　　A：京都を観光するならバスが便利ですよ。

　　B：＿＿＿＿＿＿＿＿＿＿＿＿＿＿＿＿＿＿＿＿＿＿＿

　　　　　　　　　　　　回答例 お～たしかに。ありがとうございます。

❺ 朋友之間的對話

A：じつは赤（あか）ちゃんできたんだ。

B：_____

回答例 お〜まじで？おめでとう！！男（おとこ）の子（こ）？女（おんな）の子（こ）？

❻ 與公司同事的對話

田中（たなか）：休日（きゅうじつ）何（なに）してるんですか？

B：_____

回答例 そうですね〜。釣（つ）りが好（す）きなんで、たまに釣（つ）りに行（い）ったり家族（かぞく）と
買（か）い物（もの）行（い）ったりですかね…。田中（たなか）さんは何（なに）をしているんですか？

❼ 與朋友的對話

A：どうして日本語（にほんご）を勉強（べんきょう）しているんですか？

B：_____

回答例：昔（むかし）から日本（にほん）のアニメやゲームが好（す）きで、小学生（しょうがくせい）のころから自分（じぶん）で
勉強（べんきょう）を始（はじ）めたんですよ。今（いま）は大学（だいがく）の日本語学科（にほんごがっか）で学（まな）んでいます。

❽ 與公司同事的對話

田中（たなか）：日本（にほん）に来（き）たことはありますか？

B：_____

回答例：はい。北海道（ほっかいどう）と沖縄（おきなわ）に行（い）ったことがあります。特（とく）に北海道（ほっかいどう）の景色（けしき）
が大好（だいす）きでまた行（い）ってみたいです。田中（たなか）さんの出身（しゅっしん）はどこですか？

讀者們知道跟日本人聊天時，最常見也最安全的開頭話題是什麼嗎？沒錯，就是天氣了。所以本章老師會教大家各種天氣相關的用語。下次跟日本人聊天時，就可以用天氣來開啟話題。

本章學習重點

❶ 天氣用語
❷ 各種聊天氣常用的場面用語和方便短句
❸ 跟天氣有關的生活會話

LESSON

08

天氣話題
日本人最愛用的聊天開頭

天氣用語 20 組

本節會先學 20 組常用的天氣相關詞語，建議例句整句背起來比較有效率。

1 晴天 ➡ 晴れ

例：今天是晴天。
➡ 今日は晴れです。

2 雨天 ➡ 雨

例：明天是雨天。
➡ 明日は雨です。

3 陰天 ➡ 曇り

例：後天是陰天。
➡ 明後日は曇りです。

4 風 ➡ 風

例：今天風很大。
➡ 今日は風が強いです。

TIPS 注意，這裡不可以用「大きい」來形容風勢。

5 颱風 ➡ 台風
たいふう

例：聽說颱風要來。
➡ 台風が来ているそうです。
たいふう き

6 天氣預報 ➡ 天気予報
てんきよほう

例：根據天氣預報明天會下雨。
➡ 天気予報によると明日は雨だそうです。
てんきよほう あした あめ

7 下雨；雨停

例：下雨。
➡ 雨が降る。
あめ ふ

例：雨停。
➡ 雨がやむ。
あめ
➡ 雨があがる。

8 傘 ➡ 傘
かさ

例：傘をさします。（撐傘）
かさ
例：傘をとじます。（收傘）
かさ

9 躲雨 ➡ 雨宿り
あまやど

例：在咖啡廳躲雨。
➡ カフェで雨宿りをする。
あまやど

10 雨勢

➡ 小雨(小雨)、大雨(豪雨)、土砂降り(豪大雨)

11 梅雨 ➡ 梅雨

➡ 梅雨入り(します)。(梅雨季開始;入梅)
➡ 梅雨明け(します)。(梅雨季結束;出梅)

12 淋成落湯雞(全身濕透)

➡ ずぶ濡れになる。
➡ びしょ濡れになる。

13 冷 ➡ 寒い

➡ 寒い(冷的)、肌寒い(有點冷的)、涼しい(涼快的)

14 熱 ➡ 暑い

➡ 暑い(熱的)、蒸し暑い(悶熱的)、暖かい(溫暖的)

15 四季

➡ 春、夏、秋、冬

16 氣溫

➡ 気温、最高気温、最低気温

17 防曬乳、陽傘、太陽眼鏡

   ➡ 日焼_{ひや}け止_どめ（を塗_ぬります）。（塗防曬乳）

   ➡ 日傘_{ひがさ}（をさします）。（撐陽傘）

   ➡ サングラス（をかけます）。（戴太陽眼鏡）

18 自然現象

   ➡ 虹_{にじ}、星_{ほし}、月_{つき}

19 雪、雷、霧

   ➡ 雪_{ゆき}、雷_{かみなり}、霧_{きり}

20 自然災害

   ➡ 地震_{じしん}、洪水_{こうずい}、津波_{つなみ}（海嘯）

天氣情境 5 種場面練習

學會了天氣的基本單字，本節會根據天氣的 5 種情境來提供練習例句。

1 天氣好的時候

➡ いい天気（てんき）ですね。（天氣真好）

➡ 気持（きも）ちのいい天気（てんき）ですね。（真舒服的天氣）

➡ 運動会日和（うんどうかいびより）ですね。（很適合運動會的天氣）

2 下雨的時候

➡ ひどい雨（あめ）ですね。（雨好大喔）

➡ なかなかやみませんね。（雨一直下個不停耶）

➡ 傘持（かさも）ってきましたか？（你有帶雨傘嗎）

3 很熱的時候

➡ 暑（あつ）いですね。（好熱喔）

➡ 暑（あつ）くて死（し）にそうですよ。（快熱死了）

➡ 蒸（む）し暑（あつ）いですね。（好悶熱喔）

4 很冷的時候

➡ 寒いですね。（好冷喔）

➡ 寒くて死にそうですよ。（快冷死了）

➡ 肌寒いですね。（有點冷）

5 講季節

➡ もうすぐ夏ですね。（快到夏天了呢）

➡ 夏らしい天気ですね。（這天氣簡直是夏天）

➡ 夏ももう終わりですね。（夏天也差不多要結束了呢）

天氣常見會話 21 組

本節會提供21組關於天氣的情境對話，初學者可以先用背的來練習會話唷。

會話❶

A：いい天気ですね。　　　B：はい。気持ちがいいですね。

A：天氣真好呢。　　　　　B：對啊，真舒服。

會話❷

A：雨が降りそうですね。　B：ほんとだ。早く帰りましょう。

A：感覺快要下雨了呢。　　B：真的，早點回家吧。

會話❸

A：暑いですね～。　　　　B：はい。もう夏ですね。

A：好熱喔。　　　　　　　B：對啊，已經夏天了呢。

會話❹

A：傘貸しましょうか？　　B：ありがとうございます。

A：要不要借你雨傘？　　　B：謝謝。

會話❺

A：雨やみましたね。　　　　B：はい。天気予報当たりましたね。

A：雨停了。　　　　　　　　B：對啊，天氣預報很準呢。

會話❻

A：急に降ってきましたね。　B：はい。そこのカフェで雨宿りしましょう。

A：突然下起雨來了呢。　　　B：對啊，我們在那邊的咖啡廳躲雨吧。

會話❼

A：寒いですね。　　　　　　B：はい。明日はもっと寒くなるそうですよ。

A：好冷喔。　　　　　　　　B：對啊。聽說明天會更冷喔。

會話❽

A：まだ雨降っていましたか？　B：いや、もうやんでいましたよ。

A：還在下雨嗎？　　　　　　B：沒有，雨已經停了。

會話❾

A：最近暖かくなってきましたね。　B：はい。もうそろそろ春ですね。

A：最近漸漸變暖了呢。　　　　　　B：對啊。春天快到了呢。

A：風<ruby>強<rt>かぜつよ</rt></ruby>いですね。　　B：はい。<ruby>台風<rt>たいふう</rt></ruby>が<ruby>来<rt>き</rt></ruby>ているらしいですよ。

A：風好大呢。　　　　　　B：對啊，颱風好像要來了。

會話⓫

A：<ruby>雨<rt>あめ</rt></ruby>あがりましたね。　B：はい。あっ、あそこに<ruby>虹<rt>にじ</rt></ruby>が<ruby>出<rt>で</rt></ruby>ていますよ。

A：雨停了。　　　　　　　B：對啊。啊，那邊有彩虹。

會話⓬

A：<ruby>今日<rt>きょう</rt></ruby>は<ruby>春<rt>はる</rt></ruby>らしい<ruby>天気<rt>てんき</rt></ruby>ですね。

A：今天很有春天的感覺呢。

B：はい。そこの<ruby>公園<rt>こうえん</rt></ruby>の<ruby>桜<rt>さくら</rt></ruby>はもう<ruby>満開<rt>まんかい</rt></ruby>らしいですよ。

B：對啊。那邊公園的櫻花好像盛開了。

會話⓭

A：<ruby>今日<rt>きょう</rt></ruby>は<ruby>日差<rt>ひざ</rt></ruby>しが<ruby>強<rt>つよ</rt></ruby>いですね。

A：今天太陽很大呢。

B：はい。<ruby>日焼<rt>ひや</rt></ruby>け<ruby>止<rt>ど</rt></ruby>めを<ruby>塗<rt>ぬ</rt></ruby>っていきましょう。

B：對啊。我們塗防曬去吧。

TIPS <ruby>塗<rt>ぬ</rt></ruby>ります（一類，他動詞）塗抹。

會話⑭

A：花粉症（かふんしょう）ですか？　　B：そうなんですよ。朝（あさ）から目（め）がかゆくて…。

A：你是花粉症嗎？　　B：是啊。一早眼睛就很癢呢。

會話⑮

A：今日（きょう）は一段（いちだん）と蒸（む）し暑（あつ）いですね。　B：ほんと、もう限界（げんかい）ですよ。

A：今天特別悶熱呢。　　　　B：對啊，真的受不了。

會話⑯

A：寒（さむ）いですね。　　B：はい。こんな日（ひ）は鍋（なべ）に限（かぎ）りますね。

A：好冷喔。　　B：對啊。這種天氣很適合吃火鍋呢。

會話⑰

A：山田（やまだ）さん、汗（あせ）すごいですね。

A：山田先生你汗流得很誇張呢。

B：はい。早（はや）く帰（かえ）ってシャワーを浴（あ）びたいです。

B：對啊。好想趕快回家沖澡呢。

會話⑱

A：曇（くも）ってきましたね。　　B：はい。いまのうちに早（はや）く帰（かえ）りましょう。

A：天氣轉陰了。　　　B：對啊。我們趁現在早點回家吧。

A：ずぶ濡れでどうしたんですか？

A：你怎麼會變成落湯雞？

B：自転車に乗っていたら、急に雨が降ってきて…。

B：騎腳踏車的時候突然下起雨來……。

A：大雨警報が出ているそうですよ。

A：聽說發豪雨警報了。

B：そうなんですか。じゃ、学校はお休みですね。

B：是喔。那學校應該放假吧。

A：明日は晴れるといいですね。

A：希望明天是好天氣。

B：田中さんは晴れ男だから大丈夫ですよ。

B：田中是晴天男，一定沒問題啦。

練習問題

請在以下空格處，填入適合的單字。

❶ 今日は天気が＿＿＿＿＿＿＿＿ので、洗濯ものを干そう。

解答例 いい

❷ 今日は台風の影響で風が＿＿＿＿＿＿＿＿。

解答例 強い

❸ 朝から降っていた雨がやっと＿＿＿＿＿＿＿＿。

解答例 やんだ

❹ 天気予報＿＿＿＿＿＿＿＿、明日は雨が降るそうです。

解答例 によると

❺ 今日は暑いから、＿＿＿＿＿＿＿＿を塗った方がいいですよ。

解答例 日焼け止め

❻ 急に雨が降ってきたので、＿＿＿＿＿＿＿＿になってしまった。

解答例 ずぶ濡れ

❼ _____になると、日本各地で桜が咲きます。
にほんかくち さくら さ

解答例 春
はる

❽ 北海道ではもう_____が降り始めたそうです。
ほっかいどう ふ はじ

解答例 雪
ゆき

❾ 今晩は_____がきれいですね。
こんばん

解答例 月；星
つき ほし

❿ 暑いので、エアコンを_____いいですか？
あつ

解答例 つけても

240

你可以用日文來表達自己的一天嗎？學習日文到了這個階段，不知道怎麼造句或是找不到人來練習對話的時候，可以試試本章類似寫日記的練習法。好處是在想句子的時候，可以預先練習每一種動詞和句型的變化。

本章學習重點

❶ 早晨、通勤、工作、家事、夜間的動作說法。

❷ 學習「自言自語」的用法（模仿語調）。

❸ 挑戰看看寫日記「我的一天」。

早晨敘事

我們每天早上其實都有很多例行的動作和事務要處理呢。本節會教讀者每一個動作的動詞。另外本章的重點是學習自言自語的用法，所以先來學這個句型，那就是將動詞意向形後面的「う」→「っと」，如食べよう→ 食べよっと；飲もう →飲もっと。在自言自語時常用，意思是「我去吃／喝好了」這樣的感覺。意向形的動詞變化請參考上一本書的 13-1。

25 個早晨敘事造句

❶鬧鐘響 ➡ 目覚ましが鳴る；アラームが鳴る

❷關鬧鐘 ➡ 目覚ましを止める；アラームを止める

❸醒來 ➡ 目が覚める

❹起床 ➡ 起きる

❺睡回籠覺 ➡ 二度寝する

❻打哈欠 ➡ あくびをする

❼開窗簾 ➡ カーテンを開ける

❽沖澡 ➡ シャワーを浴びる

❾洗臉 ➡ 顔を洗う

⑩ 刷牙 ➡ 歯を磨く

⑪ 弄頭髮 ➡ 髪をセットする

⑫ 上廁所 ➡ トイレに行く

⑬ 穿衣服 ➡ 服を着る

⑭ 化妝 ➡（お）化粧をする

⑮ 刮鬍子 ➡ 髭をそる

⑯ 戴隱形眼鏡 ➡ コンタクトをする；コンタクトを入れる

⑰ 看天氣預報 ➡ 天気予報を見る

⑱ 看報紙 ➡ 新聞を読む

⑲ 泡咖啡 ➡ コーヒーを入れる

⑳ 煎荷包蛋 ➡ 目玉焼きを焼く

㉑ 吃早餐 ➡ 朝ごはんを食べる；朝食をとる

㉒ 給貓飼料 ➡ 猫に餌をやる（あげる）

㉓ 幫花澆水 ➡ 花に水をやる（あげる）

㉔ 做體操 ➡ 体操をする

㉕ 帶雨傘出去 ➡ 傘を持って行く

練習：早晨的自言自語

❶ 我再睡一下好了。 ➡ _____

答 もうちょっと寝よっと。

❷ 糟糕。睡過頭了。 ➡ _____

答 しまった。寝過ごした！

❸ 今天又下雨喔。 ➡ _____

答 今日も雨かあ。

❹ 今天穿什麼去呢？ ➡ _____

答 今日は何着ていこうかなあ。

❺ 啊～昨天喝太多了。 ➡ _____

答 あ～昨日飲み過ぎた…。

❻ 咦？鑰匙在哪裡？ ➡ _____

答 あれっ、鍵どこだっけ？

❼ 差不多該出門了 ➡ _____

答 そろそろ出ないと；そろそろ出かけないと。

❽ 好。今天也加油。 ➡ _____

答 よっし。今日もがんばろっと。

通勤敘事

　　出門到公司上班這段通勤時間，仔細想想中間也會發生許多事情，讓我們一個一個來練習看看吧。

22 個通勤敘事造句

❶ 穿鞋子 ➡ 靴を履く

❷ 上鎖 ➡ 鍵をかける；戸締りをする

❸ 出門 ➡ 家を出る

TIPS 這裡的助詞「を」有離開的意思。

❹ 跟鄰居打招呼 ➡ 近所の人とあいさつをする

TIPS あいさつ的漢字寫作「挨拶」。

❺ 走路到車站 ➡ 歩いて駅まで行く

❻ 等紅綠燈 ➡ 信号を待つ

❼ 過馬路 ➡ 横断歩道を渡る

TIPS 這裡的助詞「を」有通過的意思。

❽ 一邊聽音樂一邊走路 ➡ 音楽を聞きながら歩く

❾ 在超商買早餐 ➡ コンビニで朝ごはんを買う

❿ 加值 IC 卡 ➡ IC カードをチャージする

⓫ 搭電車 ➡ 電車に乗る

⓬ 找位子 ➡ 席を探す

⓭ 讓位子 ➡ 席を譲る

⓮ 換電車 ➡（ほかの電車に）乗り換える

⓯ 下電車 ➡ 電車を降りる

⓰ 戴安全帽 ➡ ヘルメットをかぶる

⓱ 啟動引擎 ➡ エンジンをかける

⓲ 騎摩托到公司 ➡ バイクで会社へ行く

⓳ 開車到公司 ➡ 車で会社へ行く

⓴ 繫上安全帶 ➡ シートベルトをする

㉑ 被塞車困住 ➡ 渋滞に巻き込まれる

㉒ 把車子停在停車場 ➡ 車を駐車場にとめる

練習：通勤時的自言自語

❶ 要趕快 ➡ _____

答 急_{いそ}がなきゃ。

❷ 還好趕上 ➡ _____

答 間_まに合_あってよかったあ。

❸ 忘了帶雨傘呢 ➡ _____

答 傘_{かさ}持_もってくるの忘_{わす}れた。

❹ 得加值一下 ➡ _____

答 チャージしないと。

❺ 司機先生，我要下車（公車）➡ _____

答 運転手_{うんてんしゅ}さん、降_おります。

❻ 今天塞車好嚴重呢 ➡ _____

答 今日_{きょう}は渋滞_{じゅうたい}ひどいなあ。

❼ 請坐（讓位子）➡ _____

答 よかったらどうぞ（座_すってください）。

工作敘事

　　上班族的一天，總是有很多工作要處理，這些動作的說法你都學會了嗎？
一起來練習一下。

24 個工作敘事造句

❶ 跟同事打招呼 ➡ 同僚とあいさつをする。

❷ 打卡 ➡ タイムカードを押す

❸ 打開電腦 ➡ パソコンをひらく

❹ 確認信件 ➡ メールをチェックする

❺ 開會 ➡ 会議をする；ミーティングをする

❻ 發表企劃（做簡報）➡ プレゼンをする

❼ 影印資料 ➡ 資料をコピーする

❽ 打電話 ➡ 電話をかける

❾ 接電話 ➡ 電話に出る

❿ 掛電話 ➡ 電話を切る

⓫ 發送電子郵件 ➡ メール（E-MAIL）を送る

⓬ 整理辦公桌 ➡ デスク（机）を整理する

⓭ 出差去名古屋 ➡ 名古屋へ出張に行く

⓮ 確認行程 ➡ スケジュールを確認する

⓯ 自我介紹 ➡ 自己紹介をする

⑯ 換名片 ➡ 名刺を交換する

⑰ 談生意 ➡ 商談をする

⑱ 估計費用（報價）➡ 見積もりをする；報價單 ➡ 見積書

⑲ 簽合約 ➡ 契約する

⑳ 簽字 ➡ サイン（を）する

㉑ 下單 ➡ 注文する

㉒ 接待客人 ➡ 接待する

㉓ 使用公司的經費 ➡ 経費で落とす

㉔ 加班 ➡ 残業する

練習：工作時的自言自語

❶ 好不想上班呢 ➡ _____

　　　　　　　　　　答 仕事行きたくないなあ。

❷ 終於下班了 ➡ _____

　　　　　　　　　　答 やっと仕事終わった。

❸ 好想辭職喔 ➡ _____

　　　　　　　　　　答 会社辞めたいなあ…。

❹ 終於放假了……去哪裡玩好呢？ ➡ _____

　　　　　　　　　　答 やっとお休みだ。どこ行こうかなあ。

❺ 要不要一起吃午餐？ ➡ _____

答 お昼一緒にどうですか？

❻ 要不要幫你忙？ ➡ _____

答 手伝いましょうか？

❼ 下班後要不要喝一杯？ ➡ _____

答 仕事終わったら飲みに行きませんか？

❽ 現在有空嗎？ ➡ _____

答 今お時間大丈夫ですか？

❾ 可不可以教我？ ➡ _____

答 教えてもらえませんか？

❿ 麻煩幫我蓋章 ➡ _____

答 ハンコをお願いします。

⓫ 我馬上處理 ➡ _____

答 すぐやります。

⓬ 我先走了 ➡ _____

答 お先に失礼します。

⓭ 辛苦了 ➡ _____

答 お疲れさまでした。

家事敘事

回家後的各種事務，就非常生活化了，一起來看看有沒有還沒學會的動詞。

19 個家事敘事造句

❶ 打掃 ➡ 掃除をする

❷ 使用吸塵器 ➡ 掃除機をかける

❸ 倒垃圾 ➡ ごみを捨てる

❹ 洗衣服 ➡ 洗濯する

❺ 曬衣服 ➡ 洗濯物を干す

❻ 收衣服 ➡ 洗濯物を取り込む

❼ 摺衣服 ➡ 洗濯物をたたむ

❽ 燙衣服 ➡ 洗濯物にアイロンをかける

❾ 曬棉被 ➡ 布団を干す

❿ 洗碗 ➡ お皿を洗う

⓫ 做晚餐 ➡ 晩ご飯をつくる

⓬ 煮白飯 ➡ ご飯を炊く

⓭ 燒開水 ➡ お湯を沸かす

⓮ 開火 ➡ 火をつける

⓯ 關火 ➡ 火を消す

⓰ 燙菠菜 ➡ ほうれん草を茹でる

⓱ 炒牛肉 ➡ 牛肉を炒める

⓲ 炸雞肉 ➡ 鶏肉を揚げる

⓳ 用微波爐加熱 ➡ 電子レンジで温める

練習：家事時的自言自語

❶ 房間好亂喔。 ➡ _____

答 部屋散らかってるなあ。

❷ 終於變乾淨了。 ➡ _____

答 やっときれいになった。

❸ 今天天氣很好，洗衣服好了。 ➡ _____

答 今日はいい天気だから洗濯しよっと。

❹（衣服）很難乾喔。 ➡ _____

答 なかなか乾かないなあ。

❺ 今天是（收集）可燃垃圾的日子嗎？ ➡ _____

答 今日燃えるごみの日だっけ？

❻ 晚餐做什麼好呢？ ➡ _____

答 晩ご飯何にしようかな？

❼ 啊，忘記放鹽巴了。 ➡ _____

答 あっ、塩入れるの忘れた。

9-5

晚間敘事

　　下班回到家的晚間時刻，可能是一天中最放鬆最能做自己的時候，一起來學會這些動詞該怎麼說吧。

19 個家事敘事造句

❶ 確認信箱 ➡ ポストを確認する。

❷ 按門鈴 ➡ 玄関のインターホンを鳴らす

❸ 開燈 ➡ 電気をつける

❹ 卸妝 ➡ 化粧を落とす

❺ 洗澡（泡澡）➡ お風呂に入る

❻ 量體重 ➡ 体重をはかる

❼ 換睡衣 ➡ パジャマに着替える。

❽ 吹頭髪 ➡ 髪を乾かす

❾ 做按摩 ➡ マッサージをする

❿ 充電（手機）➡ スマホを充電する

⓫ 打開電視 ➡ テレビをつける

⓬ 玩遊戲 ➡ ゲームをする

⓭ 滑手機 ➡ スマホをいじる

⓮ 在 Instagram 上發文 ➡ インスタに投稿する

⓯ 寫日記 ➡ 日記をつける（書く）

⓰ 躺在床上 ➡ ベッドに横になる

⑪ 設鬧鐘 ➡ 目覚ましをセットする；アラームをセットする

⑱ 打呼 ➡ いびきをかく

⑲ 說夢話 ➡ 寝言を言う

練習：晚間的自言自語

❶ 好累喔。➡ _____

答 あ〜疲れた；もうくたくただよ。

❷ 泡完澡喝啤酒好了。➡ _____

答 お風呂上りにビールのもっと。

❸ 有沒有好看的（電視）節目呢。➡ _____

答 何か面白い番組やってないかなあ。

❹ 我要看錄好的連續劇好了。➡ _____

答 録画しておいたドラマみよっと。

❺ 對了。我得回一下 LINE。➡ _____

答 あっ、そうだ。ライン返信しないと。

❻ 有沒有變瘦呢？➡ _____

答 痩せたかな？

❼ 明天開始減肥。 ➡ _____

答 明日<ruby>あした</ruby>からダイエットしよっと。

❽ 差不多該睡了。 ➡ _____

答 そろそろ寝<ruby>ね</ruby>よっと。

❾ 隔壁好吵喔。 ➡ _____

答 お隣<ruby>となり</ruby>うるさいなあ。

寫日記的方法

寫日文日記的注意事項

1 簡單寫就好。寫日記的時候，儘量用簡單的日文寫。一個句子不要太長。習慣之後慢慢用學過的句型來寫。

2 要寫日期、星期幾和天氣。日期的念法和星期幾要經常注意才能記得住。另外，日本人很喜歡聊天氣的話題，寫日記的時候可以多加練習，留心觀察天氣並描述自己的感覺。

3 要用過去式或現在式？寫日記通常是在當天晚上，所以文章中的句型大部分是過去式。

4 注意時間的前後。寫日記時常常出現時間的先後順序，要特別注意這點。以下複習日文中「之前」和「之後」的說法。

│～之後的用法│

❶ 動詞て形＋から　　➡　　食べてから

❷ 動詞た形＋あとで　➡　　食べたあとで

❸ 名詞＋の＋あとで　➡　　食事のあとで

│～之前的用法│

❶ 動詞辭書形＋前に　➡　　寝る前に（睡覺之前）

❷ 名詞＋の＋前に　　➡　　授業の前に（上課之前）

5 基本接續詞

❶ 順序的接續詞：まず（首先）、それから（再來）

例 まず本屋さんへ行きました。それからスーパーへ行きました。

先去了書店，再去了超市。

❷ 順接的接續詞「因為」：から（丁寧體・普通體）；ので（普通體）

TIPS 雖然都是表達原因和理由，但使用「から」時的語感偏「主觀判斷的理由」，較為理直氣壯。而「ので」則是偏客觀的理由，語氣也較委婉。

丁寧體・普通體＋から

例 今日は雨でしたから遊びに行きませんでした。

因為今天下雨所以不能去玩。

普通體＋ので

例 今日は雨だったので遊びに行きませんでした。

因為今天下雨所以不能去玩。

TIPS 注意：「名詞・な形容詞」＋だ＋から；「名詞・な形容詞」＋な＋ので。

❸ 逆接的接續詞「可是」：が（丁寧體）；けど（普通體）

丁寧體＋が〜

例 今日は雨でしたが、試合がありました。

今天雖然下雨，可是比賽還是進行。

普通體＋けど～

例 今日は雨だったけど試合がありました。

今天雖然下雨，但比賽還是進行。

TIPS 注意若是「名詞・な形容詞」＋だけど→雨だけど、元気だけど。

6 基本助詞

❶ 時間的助詞：に；から～まで
➡ 八時に起きます。（八點起床）
➡ 三時から四時まで勉強しました。（從三點開始唸書到四點）

❷ 場所的助詞：で
➡ 公園で野球をします。（在公園玩棒球）

❸ 方向的助詞：へ
➡ 学校へ行きます。（去學校）

❹ 手段的助詞：で
➡ 電車で会社へ行きます。（搭電車去公司）

7 基本形容詞

❶ 形容詞

おいしい、たのしい、うれしい、おもしろい、さむい
にぎやか（な）、きれい（な）、元気（な）

❷ 形容詞的過去形

い形容詞 ➡ おいしい ➡ おいしかったです
な形容詞 ➡ にぎやかな ➡ にぎやかでした

❸ 形容詞的接續

い形容詞的接續　連接兩個い形容詞，把中間字尾的い改成くて

例 安_{やす}い＋おいしい＋レストラン
➡ 安_{やす}くておいしいレストラン（便宜又好吃的餐廳）

な形容詞的接續　連接兩個な形容詞，把中間的な改成で

例 きれい（な）＋しんせつ（な）＋友達_{ともだち}
➡ きれいでしんせつな友達_{ともだち}（漂亮又親切的朋友）

作文範例

題名：わたしの一日_{いちにち}

今日_{きょう}は学校_{がっこう}があるので朝七時_{あさしちじ}に起_おきました。起_おきてから歯_はを磨_{みが}いて、

顔_{かお}を洗_{あら}って、それから朝_{あさ}ごはんを食_たべました。今日_{きょう}の朝_{あさ}ごはんはパン

とバナナと牛乳_{ぎゅうにゅう}です。私_{わたし}はパンが大好_{だいす}きです。朝_{あさ}ごはんを食_たべてか

ら、服_{ふく}を着替_{きが}えました。家_{いえ}から学校_{がっこう}まで自転車_{じてんしゃ}で約二十分_{やくにじゅっぷん}くらいで

す。ちょっと遠_{とお}いです。学校_{がっこう}に着_ついてから日本語_{にほんご}の授業_{じゅぎょう}を受_うけました。

日本語_{にほんご}は好_すきですが、ちょっと難_{むずか}しいです。

授業が終わってから友達とお昼ご飯を食べました。いろいろなことを話しました。とても楽しかったです。大体五時くらいに家に帰りました。帰ってからテレビを見たり、掃除をしたり、お風呂に入ったりしました。今私は日記を書いています。明日もいい一日になりますように。おやすみなさい。

作文解說

1 今日は学校があるので朝七時に起きました。

因為今天要上學，所以早上七點起床。

TIPS 原因的用法：から（丁寧形・普通形＋から）；ので（普通形＋ので）。名詞・な形容詞的普通形→～だから・～なので。

2 起きてから歯を磨いて、顔を洗って、それから、朝ごはんを食べました。

起床之後刷牙洗臉，然後吃了早餐。

TIPS 動詞て形＋それから～。

3 今日の朝ごはんはパンとバナナと牛乳です。私はパンが大好きです。

今天的早餐是麵包、香蕉和牛奶。我很喜歡吃麵包。

TIPS Nが大好き（很喜歡N）

4 朝ごはんを食べてから、服を着替えました。

吃完早餐之後，換了衣服。

5 家から学校まで自転車で約二十分くらいです。ちょっと遠いです。

從我家到學校是騎腳踏車大約二十分鐘。我覺得有點遠。

TIPS 「二十分」有「にじゅっぷん」和「にじっぷん」兩種念法。

6 学校に着いてから日本語の授業を受けました。

到了學校之後，上了日文課。

7 日本語は好きですが、ちょっと難しいです。

雖然我喜歡日文，但是覺得有點難。

TIPS ～が、（雖然～；但是～）。

8 授業が終わってから友達とお昼ご飯を食べました。

下課之後我跟同學吃了午餐。

9 いろいろなことを話しました。とても楽しかったです。

也聊了很多事情。非常地開心。

10 大体五時くらいに、家に帰りました。

大概五點回到家。

11 帰ってからテレビを見たり、掃除をしたり、お風呂に入ったりしました。

回到家之後，看了電視、打掃房間、洗澡等等。

TIPS 〜たり、〜たりします（做〜啊，做〜啊，做〜等等）。

12 今私は日記を書いています。

現在我在寫今天的日記。

TIPS て形＋います（正在 V）

13 明日もいい一日になりますように。おやすみなさい。

希望明天也是美好的一天。晚安。

TIPS ます形＋ように（希望 V〔許願的用法〕）

這次要介紹的是常常會用到,卻想不起來
的生活詞彙。像是關冷氣、看醫生、雨停了、
放鬆、發呆這些等等。總共有 50 個非常實用的
單詞和例句。

本章學習重點

❶ 常常用到卻想不起來的單字,如泡咖啡、撐
  傘等。

❷ 中文母語的學生常講錯的單字,如看醫生、
  雨停了。

○○用日文怎麼說?

生活常用詞彙 50 個(中高級)

生活常用字彙 50 個（中高級）

1 泡咖啡 ➡ コーヒーを入れる

コーヒー入れるから、ちょっと待ってね。
我去泡咖啡，等我一下喔。

2 滑手機 ➡ スマホをいじる

スマホばっかりいじってないで、話聞いてよ。
不要一直滑手機啦，聽我講嘛。

3 進步 ➡ 上達する

日本語上達したね！
你的日文有進步呢！

4 上鎖 ➡ 鍵をかける / 鍵をする

ちゃんと鍵かけた？
你有上鎖了嗎？

5 雨停了 ➡ 雨が止む / 雨が上がる

雨やんだ？
雨停了嗎？

6 抱怨 ➡ 文句を言う

文句ばっかり言ってないで、仕事してよ。

不要一直抱怨，去工作啦。

7 有菸的味道 ➡ タバコのにおいがする

この部屋、タバコのにおいがするね。

這個房間有菸味呢。

8 睡回籠覺 ➡ 二度寝する

二度寝したら、遅刻しちゃった。

睡回籠覺，就不小心遲到了。

9 泡澡 ➡ お風呂に入る

先にお風呂に入ったら？

要不要先泡澡？

10 整理房間 ➡ 部屋を片付ける。

ちゃんと部屋を片付けなさい！

你去整理房間 。(媽媽對小孩的口吻)

11 做筆記 ➡ メモを取る

必ずメモを取ってくださいね。

請你做筆記喔。

12 撐傘 ➡ 傘をさす

　なんで傘さしてないの？
　怎麼不撐傘呢？

13 領錢 ➡ お金をおろす / お金を引きだす

　コンビニでお金おろしてくるから待ってて。
　我在便利商店領一下錢，等我一下。

TIPS「待っていてください」是「請保持等待的狀態」，口語會省略「い」和「ください」，變成「待ってて」。

14 下載 ➡ ダウンロードする

　このアプリどうやってダウンロードするの？
　這個 APP 怎麼下載啊？

15 戴戒指 ➡ 指輪をする / 指輪をはめる

　なんで指輪してないの？
　你怎麼沒戴戒指？

16 登入 ➡ ログインする

　ここからログインしてください。
　請你從這裡登入。

17 看醫生 ➡ 病院へ行く / 医者に診てもらう

病院行ったほうがいいよ。

你去看醫生比較好喔。

18 中樂透 ➡ 宝くじが当たる

もし宝くじが当たったら何が欲しい？

如果中樂透你想要什麼？

19 說謊 ➡ うそをつく

なんでうそついたの？

為什麼說謊呢？

20 吃藥 ➡ 薬を飲む

薬飲んだ？

你吃藥了嗎？

21 買單 ➡ お会計をする

お会計をお願いします。

請幫我買單。

22 玩剪刀石頭布 ➡ じゃんけんをする

じゃんけんで決めよう。最初はグー、じゃんけんポン。

我們玩剪刀石頭布來決定吧！先石頭……剪刀石頭布。

23 宿醉 ➡ 二日酔い

二日酔いで頭が痛いよ。
因為宿醉頭好痛呢。

24 加值 ➡ チャージする

スイカチャージするからちょっと待って。
我去加值 SUICA，等我一下喔。

25 報名 ➡ 申し込む

来月の日本語検定申し込んだ？
你報名下個月的日文檢定了嗎？

26 穿鞋子 ➡ 靴をはく

この靴はいてみてもいいですか？
可以穿看看這個鞋子嗎？

27 續杯 ➡ おかわりする

すみません。ビールおかわり！
不好意思。我要再來一杯啤酒！

28 換衣服 ➡ 着替える

今着替えてるから、ちょっと待って。
我在換衣服，等我一下。

29 交往 ➡ 付き合う

よかったら付き合ってください。
如果可以的話請跟我交往。

30 逗朋友 ➡ 友達をからかう

からかわないでよ！
不要逗我啦！

31 發呆 ➡ ボーっとする。

なにボーっとしてるの？
你在發什麼呆啊？

32 開冷氣 ➡ クーラーをつける

クーラーつけてもいい？
可以開冷氣嗎？

33 設鬧鐘 ➡ アラームをセットする / 目覚ましをセットする

アラームを七時にセットする。
我把鬧鐘設定在七點。

34 支持 ➡ 応援する / 支持する

応援してるから頑張ってね。
我會支持你喔，加油。

35 減肥 ➡ ダイエット する

明日からダイエットしよっと。
從明天起我要減肥。

36 膩 ➡ 飽きる

えっ、もう飽きたの？
這麼快就膩了？

37 合作 ➡ 協力する

ご協力ありがとうございます。
謝謝你的合作。

38 撒嬌 ➡ 甘える

甘えても駄目だよ。
跟我撒嬌也沒有用哦。

39 做夢 ➡ 夢を見る

昨日変な夢を見た。
昨天做了奇怪的夢

40 放回去 ➡ 戻す

そのコップ棚に戻しといて。
麻煩把那個杯子放回櫃子裡。

41 排隊 ➡ 並ぶ

今から並ぶと一時間ぐらいかかるかな。
如果現在開始排隊的話大概需要一個小時吧。

42 搭訕、搭話 ➡ 声をかける

今日駅で知らない人に声をかけられた。
我今天在車站被陌生人搭訕了。

43 偷懶 ➡ さぼる / 怠ける

なにさぼってるの？
你在偷懶什麼？

44 刷卡 ➡ カードで払う

カードでお願いします。
我要刷卡。

45 吃醋 ➡ 焼きもちを焼く / 嫉妬する

もしかして焼きもち焼いてるの？
你在吃醋嗎？

46 賺錢 ➡ 稼ぐ

今年はいっぱい稼ぐぞ！
今年我要賺很多錢！

47 發燒 ➡ 熱がある / 熱が出る

今日は熱があるので休ませてください。
因為今天我發燒,請讓我請假。

48 忍耐 ➡ 我慢する

我慢しなくていいよ。
不用忍耐喔。

49 學人 ➡ 真似をする

真似しないでよ!
不要學我啦!

50 放鬆 ➡ リラックスする

どうぞリラックスしてください。
請放鬆。

日本人常講的口頭禪是什麼？跟中文一樣有很多生活中的短句，因為太常出現，所以已經成為類似口頭禪的存在，像是「真假」（まじで）、「不要管我」（ほっといてよ）、「太好了」（よかった）、「難怪」（どうりで）等等。這一章老師將介紹 100 個短句，若交到日本朋友的話，隨時拿出來用也很方便喔。

本章學習重點

❶ 生活中常用的口頭禪（糟糕、難怪等）。

❷ 練習 A 跟 B 的對話。

LESSON

11

生活短句 100

日本人常講的口頭禪是什麼？

100 句生活短句

　　這一節中井上老師幫讀者整理了日常對話超常出現的日文短句 100 句。
以一個句子為單位來學習外語，也是讓口語能力突飛猛進的小祕訣。

1 そろそろ（差不多要）

　　A：そろそろ行くね。　　B：うん。じゃあ、また明日。
　　A：差不多要走了。　　　B：好的。那明天見。

2 一応（算有～）

　　A：宿題やった？　　　　B：うん。一応。
　　A：功課做了嗎？　　　　B：嗯。算有吧。

3 とりあえず（先來個～）

　　A：何飲む？　　　　　　B：とりあえず生かな。
　　A：你要喝什麼？　　　　B：先來個生啤吧。

4 無理（沒辦法）

　　A：明日、空いてる？　　B：ごめん、明日無理。
　　A：明天有空嗎？　　　　B：對不起。明天沒空。

5 しまった（糟糕）

A：しまった、財布忘れた。 B：貸してあげるよ。

A：糟糕。忘了帶錢包。 B：借給你啦。

6 行けたら行くね（如果可以的話我就去）

A：明日の飲み会来られる？ B：う～ん。行けたら行くね。

A：明天的聚餐可以來嗎？ B：嗯，可以的話我就去喔。

7 ほんとそれ（就是啊）

A：田中君ってケチだよね。 B：ほんとそれ。

A：田中真是小氣呢。 B：就是啊。

8 別に（沒啊）

A：まだ怒ってる？ B：別に…。

A：還在生氣嗎？ B：沒啊……。

9 まあまあ（還可以）

A：おいしい？ B：まあまあかな。

A：好吃嗎？ B：還可以吧。

10 まじで（真假）

A：鈴木さん結婚したらしいよ。 B：まじで？

A：聽說鈴木結婚了。 B：真假？

11 大丈夫（沒問題）

A：一人で大丈夫？　　　　　　　B：うん。大丈夫。

A：一個人沒問題嗎？　　　　　　B：嗯。沒問題。

12 確かに（的確是）

A：あの人なんか怪しくない？　　B：確かに…。

A：不覺得那個人怪怪的嗎？　　　B：的確是。

13 残念（可惜）

A：ごめん。明日行けなくなった。　B：そっか。残念。

A：對不起。明天不能去了。　　　B：是喔。好可惜。

14 ちょうだい（給我吧）

A：飴要る？　　　　　　　　　　B：うん、ちょうだい。

A：你要糖果嗎？　　　　　　　　B：嗯。給我吧。

15 まったく（真是的）

A：また間違えた。　　B：まったく、何回言ったら分かるの？

A：又弄錯了。　　　　B：真是的。要講幾次才懂啊。

16 でしょ（對吧）

A：このケーキおいしい。　　　　B：でしょ！

A：這個蛋糕好好吃喔。　　　　　B：對吧！

17 そうだ（對耶）

A：薬飲んだ？

A：吃藥了嗎？

B：あっ、そうだ。忘れてた。

B：啊，對耶！我都忘了。

18 いいなあ（好好喔）

A：新しいかばん買ったんだ。

A：我買了新的包包。

B：いいなあ。

B：好好喔。

19 どうりで（難怪）

A：あの二人、兄弟なんだって。

A：聽說那兩人是兄弟喔。

B：どうりで似てるわけだ。

B：難怪長得很像。

20 大したことない（沒什麼大不了的）

A：風邪大丈夫？

A：感冒不要緊嗎？

B：うん。大したことないよ。

B：嗯。沒什麼大不了的。

21 いまいち（不是很滿意）

A：あの映画どうたっだ？

A：那部電影怎麼樣？

B：いまいちだった。

B：我覺得還好。

22 困ったなあ（真讓人傷腦筋）

A：困ったなあ…。

A：真傷腦筋。

B：どうしたの？

B：怎麼了？

23 まだまだです（還差得遠）

A：日本語上手ですね。　　B：いや、まだまだですよ。

A：你的日文很厲害呢。　　B：沒有。還差得遠呢。

24 バタバタしている（手忙腳亂）

A：もしもし。今大丈夫？

A：喂，現在方便嗎？

B：ごめん。今バタバタしてるからちょっと待って。

B：對不起。現在有點忙，等我一下。

25 わざわざ（特地）

A：はい。これ日本のお土産。　B：わざわざありがとう。

A：給你。這是日本的紀念品。　B：謝謝你特地買回來。

26 相変わらず（老樣子）

A：最近どう？　　　　　B：相変わらず。

A：最近怎麼樣？　　　　B：老樣子。

27 当たり前（當然）

A：これ、私がやるの？　B：自分の宿題なんだから、当たり前でしょ。

A：這我要自己做喔？　B：自己的功課，當然啊。

28 具合（〔身體〕狀況）

A：体の具合どう？　　　B：大分よくなったよ。

A：身體狀況如何？　　　B：好很多了。

29 任せて（交給我）

A：買い物お願いしてもいい？　B：うん。任せてよ。

A：可以拜託你買東西嗎？　　B：好啊。交給我吧。

30 分かる（我懂）

A：男の人って子供みたいだよね。　B：分かる分かる。

A：我覺得男生啊真的很像小朋友呢。　B：我懂我懂。

31 また今度（下次）

A：今から飲みに行かない？　B：すみません。また今度行きましょう。

A：要不要現在去喝一杯？　B：不好意思。下次再去吧。

32 危なかった（好險）

A：パスポート持った？　B：あっ、危なかった。忘れるところだった。

A：你有帶護照嗎？　　B：好險。差一點就忘記了呢。

33 微妙（有點難說）

A：おいしい？　　　　B：う〜ん。微妙。

A：好吃嗎？　　　　　B：很難說……（委婉表達不好吃的意思）

34 間に合った？（趕上了嗎？）

A：飛行機間に合った？　B：うん。ギリギリ間に合った。

A：趕上飛機了嗎？　　B：好不容易趕上了（差點沒趕上）。

35 たまたま（只是碰巧而已）

A：優勝ですか？すごいですね。　B：たまたまですよ。

A：拿冠軍了？好厲害喔。　　　　B：只是碰巧而已啦。

36 ついてない（倒楣）

A：今日ほんとついてないよ。　B：何かあったの？

A：今天真的很倒楣。　　　　　B：發生什麼事啊？

37 できた？（好了嗎？）

A：宿題できたの？　　　　　　B：まだ。今からするところ。

A：功課做好了嗎？　　　　　　B：還沒。現在才要做呢。

38 おかしいなあ（好奇怪）

A：どうしたの？　B：おかしいなあ。さっきここに鍵あったのに…。

A：怎麼了？　　　B：好奇怪喔。鑰匙明明剛剛在這裡（不見了）。

39 もしよかったら（如果方便的話）

A：もしよかったら、話してくれませんか？　B：実は…。

A：如果方便的話，可以跟我說嗎？　　　　B：其實……

40 しょうがないなあ（真拿你沒辦法）

A：ごめん。百円貸して。　　　B：しょうがないなあ。

A：對不起。借我一百塊。　　　B：真拿你沒辦法。

41 そうかなあ（是嗎？〔我不覺得〕）

A：見て。あの人かっこよくない？　B：そうかなあ…。

A：你看。不覺得那個人很帥嗎？　　B：是嗎？

42 いつでもいい（隨時都可以）

A：いつがいい？　　　　　　　　B：いつでもいいよ。

A：什麼時候方便？　　　　　　　B：隨時都可以喔。

43 しっかりして（請振作一點）

A：あっ、鍵するの忘れた。　　　B：しっかりしてよ。

A：啊。忘了上鎖。　　　　　　　B：振作一點啦。

44 あっという間（轉眼之間）

A：もう十二月だね。　B：うん。今年もあっという間だったね。

A：已經到十二月了。　B：對啊。今年也是轉瞬間就過了呢。

45 言えてる（說得也是；說得有道理）

A：部長って、ケチそうじゃない？　B：言えてる。

A：部長感覺好小氣喔。　　　　　　B：說得也是。

46 うんざり（受夠了）

A：もう二度と浮気はしないよ。　B：もううんざり。別れましょう。

A：我不會再劈腿啦。　　　　　　B：我已經受夠了。分手吧。

47 楽勝（輕而易舉；小菜一碟）

A：テストどうだった？　　　B：楽勝。

A：考試考得如何？　　　　B：根本是小菜一碟。

48 せっかくだから（難得的機會）

A：せっかくだから、みんなで写真撮らない？　　B：いいね。

A：機會難得，大家一起拍張照好不好？　　　　B：好啊。

49 限界（極限）

A：お腹大丈夫？　　　B：もう限界。

A：肚子還好嗎？　　　B：快不行了。

50 面倒くさい（麻煩的）

A：部屋の掃除お願いね。　B：え～。面倒くさいなあ。

A：麻煩你幫忙打掃房間囉。B：欸～好麻煩喔。

51 冗談（開玩笑）

A：実は結婚するんだ。　　B：えっ。冗談でしょ。

A：其實我要結婚了。　　　B：什麼。開玩笑的吧。

52 手ぶら（空手〔不帶東西〕）

A：明日のパーティー何を持って行ったらいい？　B：手ぶらでいいよ。

A：明天的派對需要我帶什麼過去？　　　　　　B：人來就好喔。

53 ほっといて（不用管我）

A：何怒ってるの？　　　　　B：ごめん。ちょっとほっといて。

A：你在生什麼氣呢？　　　　B：對不起。讓我靜一靜。

TIPS ほっとく（放置不管，一類動詞）。這個動詞是由「放る→放って＋おく」→ほっておく，而てお又可縮念為と。

54 あと一歩（還差一步）

A：あと一歩で合格だったね。　B：うん。次頑張るよ。

A：只差一點就考上了呢。　　　B：對啊。下次會努力啦。

55 本気（認真）

A：実は留学しようと思って…。　B：えっ。それ本気？

A：其實我打算去留學……。　　　B：咦？你是認真的嗎？

56 お待たせ（讓你久等了）

A：ごめん。お待たせ。　　　B：大丈夫。私も今来たところ。

A：對不起。讓你久等了。　　B：沒關係。我也才剛到而已。

57 頑張って（加油）

A：明日の試験頑張ってね。　B：うん。ありがとう。

A：明天的考試要加油喔。　　B：嗯。謝謝。

58 気にしないで（不用在意）

A：本当にごめんね。　　　　B：大丈夫。気にしないで。

A：真的很抱歉。　　　　　　B：沒關係。不用在意。

59 それはよかった（太好了）

A：やっと試験に合格しました。　　　　　B：それはよかったですね。

A：終於考上了。　　　　　　　　　　　　B：太好了。

60 遠慮しないで（不用客氣）

A：遠慮しないでたくさん食べてね。　　B：はい。ありがとうございます。

A：不用客氣，多吃一點喔。　　　　　　B：好的。謝謝

61 もうすぐ（快到）

A：もうすぐ夏休みだね。　　　　　　　B：うん。何か予定あるの？

A：快到暑假了呢。　　　　　　　　　　B：對啊。你有什麼計畫嗎？

62 そうしよう（就這麼決定吧）

A：お昼お蕎麦にしない？　　　　　　　B：うん。そうしよう。

A：中午要不要吃蕎麥麵？　　　　　　　B：嗯。就這麼決定吧。

63 楽しみ（期待）

A：明日の花火大会楽しみだね。　　　　B：うん。浴衣来て行く？

A：好期待明天的煙火大會呢。　　　　　B：對啊。你會穿浴衣去嗎？

64 念のため（以防萬一）

A：今日雨降るかな？　　　　　　　　　B：念のため傘持って行ったら？

A：今天會不會下雨啊？　　　　　　　　B：以防萬一，你帶雨傘去吧？

65 がっかり（失望）

A：あのレストランどうだった？ B：がっかりだよ。もう二度と行かない。

A：那間餐廳如何？　　　　　　 B：真讓人失望。再也不要去了。

66 私はいいです（我不用）

A：みんなでカラオケ行かない？ B：私はいいです。用事があるので。

A：大家要不要一起去唱歌？　　 B：我不用。因為我有事。

67 何かあったの？（發生什麼事了嗎？）

A：何かあったの？　　　　　　 B：実は会社を首になったんだ。

A：發生什麼事了嗎？　　　　　 B：其實我被公司炒魷魚了。

68 そうだと思った（我就知道）

A：ごめん。私の勘違いだった。 B：やっぱり。そうだと思った。

A：對不起。是我誤會了。　　　 B：果然。我就知道。

69 元気出して（請打起精神）

A：また部長に怒られたよ。　　 B：そうなんだ。元気出して。

A：又被部長罵了。　　　　　　 B：是喔。請打起精神喔。

70 イライラする（煩躁）

A：何イライラしてるの？　　　 B：ごめん。今話しかけないで。

A：你在煩什麼？　　　　　　　 B：對不起。現在先不要跟我說話。

287

71 お言葉に甘えて（那我就不客氣了）

A：空港まで車で送りますよ。

A：我開車送你到機場好了。

B：ありがとうございます。じゃ、お言葉に甘えて。

B：謝謝。那我就不客氣了。

72 なるほど（原來如此）

A：田中君彼女できたらしいよ。 B：なるほど。だから嬉しそうだったんだ。

A：田中好像交女朋友了喔。　　B：原來如此。難怪很開心的樣子呢。

73 気楽にいきましょう（放輕鬆一點）

A：緊張しますね。　 B：大丈夫ですよ。気楽にいきましょう。

A：好緊張喔。　　　 B：沒事啦。放輕鬆一點吧。

74 ちょっと…（有點不方便〔表達委婉拒絕〕）

A：明日ゴルフ行かない？　　　 B：明日はちょっと…。

A：明天要不要一起去打高爾夫？ B：明天沒辦法。

75 きりがない（沒完沒了）

A：今何か欲しいものある？ B：車に時計に…。言い出したらきりがないよ。

A：現在有什麼想要的東西嗎？B：車子、手錶……。講不完唷。

76 なるべく（盡量）

A：皆さん、なるべく前に座ってください。 B：分かりました。

A：請大家盡量坐（在）前面一點。　　　　 B：知道了。

77 空気を読む（看氣氛；察言觀色）

A：ちょっとは空気読んでよ。　　B：ほんとごめん。

A：你要看一下氣氛嘛。　　　　B：真的很抱歉。

78 調子に乗る（得意忘形）

A：最近調子に乗ってるでしょ？　B：そんなことないよ。

A：你最近有些得意忘形吧。　　　B：沒有啦。

79 はまる（迷上）

A：最近何にはまってる？　　　　B：う～ん。ゲームかな。

A：最近迷上什麼呢？　　　　　　B：電動遊戲吧。

80 それはそう（話是這樣說沒錯）

A：タバコはやめたほうがいいよ。　B：それはそうなんだけどね…。

A：你還是戒菸比較好喔。　　　　B：話是這樣說沒錯啦。

81 もしかして（難道是；莫非）

A：もしかして彼氏できた？　　　B：えっ？なんで分かるの？

A：莫非你交了男朋友？　　　　　B：咦？你怎麼知道？

82 平気（沒事）

A：荷物持とうか？　　　　　　　B：平気平気。

A：要幫你拿行李嗎？　　　　　　B：沒事沒事。

83 ちょっと聞いて（你聽我說）

A：ちょっと聞いてよ。 　　B：なになに？
A：你聽我說。 　　　　　　B：什麼事？

84 勘弁して（饒了我吧）

A：今からテストするよ。 　B：え～。勘弁してよ。
A：要考試囉。 　　　　　　B：欸～饒了我吧。

85 びっくりする（驚訝；嚇一跳）

A：ニュース見た？ 　　　　B：見た見た。びっくりしたね。
A：你有看新聞嗎？ 　　　　B：有有有。好驚訝喔。

86 なんとなく（沒有特別的理由）

A：どうして髪切ったの？ 　B：う～ん。なんとなく。
A：為什麼剪頭髮？ 　　　　B：沒有特別的理由。

87 最悪（糟透了）

A：デートどうだった？ 　　B：最悪だったよ。
A：約會怎麼樣？ 　　　　　B：糟透了。

88 なかなかいい（還不錯）

A：新しい先生どんな感じ？ 　B：なかなかいいよ。
A：新老師怎麼樣？ 　　　　　B：還不錯喔。

89 まさか（怎麼可能）

A：このお弁当自分で作ったの？　　B：まさか。

A：這便當是你自己做的喔。　　　　B：怎麼可能。

90 最高（超棒）

A：北海道旅行どうだった？　　　　B：最高だったよ。

A：北海道旅行怎麼樣？　　　　　　B：超棒。

91 まあ、いっか（算了算了）

A：あれ？傘は？　　　　　　　　　B：あっ忘れた…。まあ、いっか。

A：咦？你的雨傘呢？　　　　　　　B：忘記了。啊，算了算了。

92 約束（一言為定）

A：来年一緒に日本へ行こうね。　　B：うん。約束だよ。

A：明年一起去日本囉。　　　　　　B：好。一言為定。

93 はっきり言って（直接說）

A：実は…。言いにくいんだけど。　B：はっきり言ってよ。

A：其實……。我不知該怎麼說。　　B：有話直說好嗎？

94 大げさ（誇張）

A：暑くて死にそう。　　　　　　　B：大げさだよ。

A：我快熱死了。　　　　　　　　　B：你很誇張。

95 そんなこと言わないで（不要這樣說嘛）

A：私には無理だよ。　　　　　　　B：そんなこと言わないでよ。

A：我做不到啦。　　　　　　　　　B：不要這樣說嘛。

96 ちょうどよかった（正好）

A：ちょうどよかった。これお土産。　B：ありがとう。

A：正好你在。這是伴手禮。　　　　B：謝謝。

97 考えすぎ（想太多）

A：彼氏が浮気してるかも。　　　　B：考えすぎじゃない？

A：我男友可能劈腿。　　　　　　　B：你想太多了吧。

98 ありえない（不可能啦）

A：明日は雪だって。　　　　　　　B：雪？8月だよ。ありえないって。

A：聽說明天會下雪喔。　　　　　　B：下雪？現在8月呢。不可能啦。

99 真似しないで（不要學我）

A：ちょっと真似しないでよ。　　　B：してないよ。

A：不要學我啦。　　　　　　　　　B：我才沒有呢。

100 じゃ、よろしく（那就麻煩你）

A：あとは私がやります。　　　　　B：じゃ、よろしくね。

A：剩下的我來做。　　　　　　　　B：那就麻煩你囉。

慣用句是初級或中級的日文課本很少出現，但實際對話時常會用到。而且慣用句就像中文的四字成語一樣，有時較難用字面去猜出真正意思。例如「首になる」（被炒魷魚）、「頭にくる」（讓人生氣）、「雀の涙」（非常少）等。本章就跟著老師一起來學習非常實用的慣用句吧。

本章學習重點
❶ 跟「身體」有關的慣用句
❷ 跟「動物」有關的慣用句
❸ 跟「氣」有關的慣用句
❹ 其他常用慣用句

12

精選慣用句100
教科書很少見但日本人會話常出現！

跟「身體」有關的慣用句

　　本節將介紹日文中 29 個跟身體部位有關的慣用句，例如「頭、目、顏、口」等等。

1 頭<ruby>あたま</ruby>がきれる（聰明；機靈）

例：彼<ruby>かれ</ruby>はクラスで一番頭<ruby>いちばんあたま</ruby>がきれる。

譯：他是班上最聰明的。

2 頭<ruby>あたま</ruby>にくる（令人生氣）

例：あの店員<ruby>てんいん</ruby>の態度<ruby>たいど</ruby>、ほんと頭<ruby>あたま</ruby>にくるね。

譯：那個店員的態度，真令人生氣。

3 頭<ruby>あたま</ruby>がいたい（傷腦筋；很頭痛）

例：明日<ruby>あした</ruby>のレポートどうしよう？頭<ruby>あたま</ruby>が痛<ruby>いた</ruby>いなあ。

譯：明天的報告怎麼辦？真傷腦筋呢。

4 頭<ruby>あたま</ruby>が固<ruby>かた</ruby>い（固執；思想頑固）

例：父<ruby>ちち</ruby>は頭<ruby>あたま</ruby>が固<ruby>かた</ruby>いから、私<ruby>わたし</ruby>の意見<ruby>いけん</ruby>を全<ruby>まった</ruby>く聞<ruby>き</ruby>かない。

譯：我爸很固執，所以完全不聽我的意見。

5 耳^{みみ}にたこができる（耳朵長繭）

例：分^わかったって。もう耳^{みみ}にタコができるよ。

譯：聽到了啦。耳朵都長繭了。

6 目^めがない（非常喜歡某個東西）

例：彼女^{かのじょ}は甘^{あま}い物^{もの}に目^めがない。

譯：她非常喜歡甜食。

7 目^めをかける（對某人特別關心照顧）

例：目^めをかけてくださり、ありがとうございます。

譯：謝謝您的關心和照顧。

8 顔^{かお}が広^{ひろ}い（人面很廣）

例：田中^{たなか}さんはこの業界^{ぎょうかい}で顔^{かお}が広^{ひろ}い。

譯：田中在這一行裡人面很廣。

9 顔^{かお}をたてる（給人面子）

例：今回^{こんかい}は上司^{じょうし}の顔^{かお}をたてて、お見合^{みあ}いをした。

譯：這次是給上司面子，接受相親。

10 鼻^{はな}が高^{たか}い（光榮；感到驕傲）

例：息子^{むすこ}が東京大学^{とうきょうだいがく}に合格^{ごうかく}したので、私^{わたし}も鼻^{はな}が高^{たか}い。

譯：兒子考上東京大學，我也感到驕傲。

5 耳（みみ）にたこができる（耳朵長繭）

例：分（わ）かったって。もう耳（みみ）にタコができるよ。

譯：聽到了啦。耳朵都長繭了。

6 目（め）がない（非常喜歡某個東西）

例：彼女（かのじょ）は甘（あま）い物（もの）に目（め）がない。

譯：她非常喜歡甜食。

7 目（め）をかける（對某人特別關心照顧）

例：目（め）をかけてくださり、ありがとうございます。

譯：謝謝您的關心和照顧。

8 顔（かお）が広（ひろ）い（人面很廣）

例：田中（たなか）さんはこの業界（ぎょうかい）で顔（かお）が広（ひろ）い。

譯：田中在這一行裡人面很廣。

9 顔（かお）をたてる（給人面子）

例：今回（こんかい）は上司（じょうし）の顔（かお）をたてて、お見合（みあ）いをした。

譯：這次是給上司面子，接受相親。

10 鼻（はな）が高（たか）い（光榮；感到驕傲）

例：息子（むすこ）が東京大学（とうきょうだいがく）に合格（ごうかく）したので、私（わたし）も鼻（はな）が高（たか）い。

譯：兒子考上東京大學，我也感到驕傲。

11 歯が立たない（完全比不上；應付不了）

例：テニスでは彼女に全く歯が立たない。

譯：在網球這方面完全比不上她。

12 口がかたい（口風很緊）

例：彼は口がかたいから、話しても大丈夫だよ。

譯：他口風很緊，跟他說沒關係。

13 口がかるい（大嘴巴；口風不緊）

例：彼は口がかるいから、話さないほうがいいよ。

譯：他是個大嘴巴，別跟他說比較好喔。

14 首になる（被炒魷魚）

例：実は先月会社をクビになったんだ。

譯：其實我上個月被公司炒魷魚了。

15 首を長くする（翹首以待）

例：父が帰ってくるのを首を長くして待っている。

譯：我非常期待爸爸回來。

16 胸をなでおろす（鬆一口氣）

例：やっと試験が終わって、胸をなでおろした。

譯：終於考完試，鬆了一口氣。

17 腰が低い（態度謙虛；姿態很低）

例：山田社長はいつも腰が低い。

譯：山田社長總是很謙虛。

18 腹が立つ（生氣）

例：彼女にうそをつかれて、腹が立った。

譯：她對我說謊，很生氣。

19 腹をきめる（下決心）

例：腹をきめて、告白することにした。

譯：我下決心要告白了。

20 尻にしかれる（聽老婆的話；怕老婆）

例：田中部長は奥さんの尻にしかれている。

譯：田中部長很聽老婆的話。

21 手を尽くす（盡力；想盡辦法）

例：手をつくしたが、助からなかった。

譯：已盡力了，還是沒辦法救回來了。

22 手をぬく（偷工減料；沒有用全力、手下留情）

例：私との試合、絶対手をぬかないでください。

譯：跟我的比賽，千萬不要手下留情。

23 手を焼く（為難）

例：息子が言うことを聞かないで、手を焼いている。

譯：兒子不聽話，真為難。

24 腕を磨く（磨練本領，提高技能）

例：また腕を磨いて挑戦するつもりです。

譯：我打算再多練習之後挑戰。

25 足を引っ張る（扯後腿）

例：彼はいつもみんなの足を引っ張っている。

譯：他總是扯大家的後腿。

26 すねをかじる（在金錢上依賴父母；啃老）

例：彼女はもう三十歳なのに、まだ親のすねをかじっている。

譯：她已經三十歳了，卻還在靠爸媽。

27 へそをまげる（鬧彆扭）

例：あの子は怒られるとすぐへそをまげる。

譯：那個小孩只要被罵就鬧彆扭。

TIPS へそ的漢字寫作「臍」，肚臍的意思。

28 舌をまく（佩服、覺得了不起）

例：彼女の努力には本当に舌をまくよ。

譯：我很佩服她的努力。

29 腰が重い（懶得動）

例：宿題するの腰が重いなあ。

譯：真不想做功課呢（懶得動）。

12

精選慣用句100

跟「動物」有關的慣用句

　　本節將介紹日文中 10 個跟動物有關的慣用句。像是「犬、馬、貓、貍」都是很常出現在慣用句的動物唷。

30 犬猿の仲（水火不容）

　　例：田中さんと鈴木さんは犬猿の仲だ。
　　譯：田中跟鈴木兩人水火不容。

31 馬が合う（合得來）

　　例：新しい部長とは馬が合う。
　　譯：跟新部長很合得來。

32 鯖を読む（虛報年齡）

　　例：あの女優五歳も鯖を読んでたらしいよ。
　　譯：那個女演員好像少報五歲的樣子。

33 鰻登り（直線上升）
　　例：最近、彼の成績は鰻登りだ。
　　譯：最近，他的成績直線上升。

34 雀の涙（形容非常少）

例：今月の給料も雀の涙ほどだった。

譯：這個月的薪水也是少得可憐。

35 猫の手も借りたい（形容非常忙碌的狀態）

例：最近は猫の手も借りたいほど忙しい。

譯：最近忙得不可開交。

36 猫をかぶる（裝乖）

例：彼女は男の前だといつも猫をかぶる。

譯：她在男生面前總是裝乖。

37 天狗になる（變得驕傲）

例：彼は最近天狗になってるよ。

譯：他最近變得很驕傲。

38 狸寝入り（裝睡）

例：狸寝入りしてないで、席譲ったら？

譯：不要裝睡，讓位吧？

39 袋のネズミ（無法逃走的情況；甕中捉鱉）

例：犯人はもう袋のネズミだよ。

譯：犯人已經無路可逃了。

40 鵜呑みにする（直接相信；囫圇吞棗）

例：彼女は人の話をすぐ鵜呑みにする。

譯：她總是輕易相信別人說的話。

跟「氣」有關的慣用句

　　本節將介紹 14 個跟「氣」有關的慣用句，因為都是「氣」，所以中文的意思要特別搞清楚唷。

41 気を付ける（小心注意）

　　例：危ないから、気を付けてね。

　　譯：因為危險，要小心喔。

42 気がある（對某人有意思）

　　例：彼は山田さんに気があるらしいよ。

　　譯：他好像對山田有意思喔。

43 気が乗らない（不太願意）

　　例：今回の旅行は気が乗らない。

　　譯：這次的旅遊不太想去。

44 気が利く（細心）

　　例：彼女はとても気が利く人です。

　　譯：她是個很細心的人。

45 気にする（在意）

例：大丈夫です。気にしないでください。

譯：沒事。別在意。

46 気を悪くする（讓人不愉快）

例：気を悪くしたらすみません。

譯：如果讓你不開心，真的很抱歉。

47 気が散る（沒辦法專心；分心）

例：この図書館はうるさくて、気が散る。

譯：這間圖書館太吵了，沒辦法專心。

48 気が小さい（膽小）

例：彼は子供の頃から気が小さい。

譯：他從小膽子就很小。

49 気に入る（喜歡上）

例：この帽子、とても気に入りました。

譯：這頂帽子我很愛。

50 気が付く（注意到）

例：海外へ行くと色々なことに気が付く。

譯：到了國外會發現很多事情。

51 気を落とす（沮喪）

例：そんなに気を落とさないで。次頑張ろうよ。

譯：不要那麼沮喪嘛。下次再努力吧。

52 気が合う（合得來）

例：新しい上司とは気が合わない。

譯：跟新上司合不來。

53 気が遠くなる（覺得非常遙遠；昏倒）

例：家のローンはまだ二十年ある。気が遠くなりそう。

譯：房貸還有二十年。覺得非常遙遠（想到就頭昏）。

54 気が短い（沒有耐心）

例：父は気が短い人です。

譯：我爸爸是個沒有耐心的人。

55 気が変わる（改變主意）

例：もし気が変わったら教えてください。

譯：如果改變主意，請告訴我。

其他常用慣用句

　　本節將介紹 20 個慣用句，因為是約定俗成的用法，就像學中文的四字成語一樣，要特別去記。

56 息が合う（相當有默契）

　　例：あの二人のダンスはすごく息が合ってるね。
　　譯：那兩個人跳舞很有默契。

57 お茶を濁す（模糊焦點；顧左右而言他）

　　例：お茶を濁さないで、はっきり言ってください。
　　譯：不要模糊焦點，請你講清楚。

58 影が薄い（沒什麼存在感）
　　例：彼女はクラスで影が薄い
　　譯：她在班上沒什麼存在感。

59 釘をさす（再三注意）

　　例：あんなに釘をさしたのにどうして遅刻したの？
　　譯：明明再三提醒你了，為什麼還是遲到呢？

60 高嶺の花（高不可攀）
<ruby>高<rt>たか</rt></ruby><ruby>嶺<rt>ね</rt></ruby>の<ruby>花<rt>はな</rt></ruby>

例：<ruby>彼女<rt>かのじょ</rt></ruby>は<ruby>僕<rt>ぼく</rt></ruby>にとって<ruby>高嶺<rt>たかね</rt></ruby>の<ruby>花<rt>はな</rt></ruby>だよ。

譯：她對我來說高不可攀。

61 図に乗る（得意忘形）
<ruby>図<rt>ず</rt></ruby>に<ruby>乗<rt>の</rt></ruby>る

例：<ruby>図<rt>ず</rt></ruby>に<ruby>乗<rt>の</rt></ruby>らないでください。

譯：不要得意忘形。

62 血が騒ぐ（熱血沸騰）
<ruby>血<rt>ち</rt></ruby>が<ruby>騒<rt>さわ</rt></ruby>ぐ

例：<ruby>試合<rt>しあい</rt></ruby>を<ruby>見<rt>み</rt></ruby>ていたら<ruby>血<rt>ち</rt></ruby>が<ruby>騒<rt>さわ</rt></ruby>いできた。

譯：看比賽就熱血沸騰起來了。

63 太鼓判を押す（敢保證）
<ruby>太鼓判<rt>たいこばん</rt></ruby>を<ruby>押<rt>お</rt></ruby>す

例：<ruby>彼<rt>かれ</rt></ruby>なら<ruby>大丈夫<rt>だいじょうぶ</rt></ruby>です。<ruby>私<rt>わたし</rt></ruby>が<ruby>太鼓判<rt>たいこばん</rt></ruby>を<ruby>押<rt>お</rt></ruby>します。

譯：他一定沒問題。我敢保證。

64 月とすっぽん（天壤之別）
<ruby>月<rt>つき</rt></ruby>とすっぽん

例：<ruby>東京大学<rt>とうきょうだいがく</rt></ruby>の<ruby>兄<rt>あに</rt></ruby>と<ruby>僕<rt>ぼく</rt></ruby>じゃ<ruby>月<rt>つき</rt></ruby>とすっぽんだよ。

譯：讀東大的哥哥跟我相比，簡直是天壤之別。

TIPS すっぽん＝鱉，月亮和鱉都是圓圓的，但差很多！

65 匙を投げる（完全放棄）
<ruby>匙<rt>さじ</rt></ruby>を<ruby>投<rt>な</rt></ruby>げる

例：そんな<ruby>簡単<rt>かんたん</rt></ruby>に<ruby>匙<rt>さじ</rt></ruby>を<ruby>投<rt>な</rt></ruby>げないでくださいよ。

譯：不要那麼快放棄啦。

TIPS 「<ruby>匙<rt>さじ</rt></ruby>」是餵藥用的藥匙，醫生丟掉藥匙，等於病人沒救，放棄醫治。

66 鬼に金棒（如虎添翼）

例：もし彼がチームに入ったら鬼に金棒だよ。

譯：如果他加入我們隊，一定會如虎添翼。

67 羽目を外す（～過頭；得意忘形）

例：あまり羽目を外さないでね。

譯：不要玩過頭喔。

68 懐が寒い（手頭緊；囊中羞澀）

例：給料日前で懐が寒い。

譯：因為發薪日前，所以手頭很緊。

69 音をあげる（叫苦；發出哀嚎）

例：このくらいで音をあげていたら、プロになれないよ。

譯：這種程度就叫苦的話，無法成為專業人士唷。

70 根も葉もない（毫無根據；空穴來風）

例：それは根も葉もないうわさです。

譯：那是毫無根據的謠言。

TIPS うわさ的漢字寫作「噂」（謠言）。

71 根に持つ（記恨在心）

例：まだ根に持ってるの？謝ったでしょ。

譯：還在記恨喔？不是跟你道過歉了。

308

72 根掘り葉掘り（問東問西；追根究柢）

例：そんなに根掘り葉掘り聞かないでください。

譯：不要那樣問東問西。

73 涙をのむ（忍受委屈）

例：決勝戦で涙をのんだ。

譯：在決賽中輸掉了。

74 荷が重い（負擔很重）

例：この企画は私には荷が重いです。

譯：這企劃對我來說負擔很重。

75 濡れ衣を着せる（冤枉）

例：彼は濡れ衣を着せられた。

譯：他是被冤枉的。

76 水入らず（只有自家人無外人）

例：お正月は家族水入らずで過ごした。

譯：新年時只有自家人親密無間地過。

77 水に流す（一筆勾銷；當作沒發生）

例：今回のことは水に流しましょう。

譯：這次的事情就當作沒發生吧。

78 水の泡になる（白費；化為泡影）

例：今までの努力が水の泡になってしまった。

譯：目前為止的努力都白費了。

79 やぶから棒（突如其來）

例：やぶから棒にどうしたの？

譯：你突然問這個幹嘛？

TIPS やぶ的漢字寫作「薮」，竹林或草叢的意思。

80 棒に振る（白白浪費掉）

例：せっかくの機会を棒に振ってしまった。

譯：難得的機會白白浪費了。

81 腑に落ちない（難以認同；無法接受）

例：私だけが怒られるのは腑に落ちない。

譯：只有我被罵的話很難接受。

82 踏んだり蹴ったり（壞事同時發生；禍不單行）

例：離婚に病気に…。ほんと踏んだり蹴ったりだよ。

譯：離婚又生病……。真是禍不單行。

83 一肌脱ぐ（助人一臂之力）

例：君のために一肌脱ぐよ。

譯：我願助你一臂之力。

310

84 痛くも痒くもない（不痛不癢；沒影響）

例：何を言われても痛くも痒くもないよ。

譯：被怎麼說都不痛不癢。

85 至れり尽くせり（十分周到；無微不至）

例：この旅館のサービスは至れり尽くせりだ。

譯：這間旅館的服務十分周到。

86 瓜二つ（長得一模一樣）

例：あの姉妹は瓜二つだ。

譯：那對姉妹長得一模一樣。

87 朝飯前（輕而易舉；小菜一碟）

例：こんなの朝飯前だよ。

譯：這種事對我來說是小菜一碟。

88 後の祭り（馬後砲）

例：今更後悔しても、後の祭りだよ。

譯：現在才後悔，根本就是馬後砲啊。

89 油を売る（打混摸魚）

例：こんなところで何油を売っているの？

譯：在這裡摸什麼魚啊？

90 上の空（心不在焉）

例：今日ずっと上の空だけど、どうしたの？
譯：今天你一直心不在焉，怎麼了？

91 胡麻をする（拍馬屁）

例：彼は胡麻をするのが上手だ。
譯：他很會拍馬屁。

TIPS 這裡的「する」＝擂る。

92 尻尾を出す（露出馬腳；露出狐狸尾巴）

例：あの人が尻尾を出すのも時間の問題だ。
譯：那個人露出馬腳也只是時間早晚而已。

93 棚に上げる（視而不見；放一邊）

例：彼は自分の事を棚に上げて、他人の批判をしている。
譯：他將自己的問題放一邊，只會批評其他人。

94 赤の他人（陌生人）

例：彼女とは赤の他人です。
譯：我跟她不認識（素昧平生）。

95 思う壺（正中下懷）

例：それじゃ、彼の思う壺だよ。
譯：這樣一來，就正中他下懷。

96 骨が折れる（非常累人）

例：これは相当骨の折れる作業です。

譯：這是非常累人的工作。

97 ピンからキリまで（最小到最大，表示範圍很大）

例：時計の値段はピンからキリまである。

譯：手錶的價錢有便宜有貴，價差很大。

TIPS ピン代表骰子或紙牌中的「第一」（最好），キリ則是「第十二」（最差）。

98 やぶ医者（庸醫）

例：あの医者はやぶ医者だからやめた方がいいよ。

譯：那個醫生是庸醫，不要去比較好喔。

99 らちがあかない（毫無進展）

例：これじゃらちがあかないよ。

譯：這樣下去毫無進展啦。

TIPS らち的漢字寫作「埒」（馬棚的柵門）。原意是：馬棚的柵門不開的話，比賽就無法開始。

100 一か八か（聽天由命）

例：一か八か挑戦してみたら？

譯：就聽天由命挑戰看看吧。

12-5

✽練✽習✽問✽題✽

❶ あの人はいつも約束を破るから＿＿＿＿＿＿＿＿にくる。
(1)め　(2)かた　(3)て　(4)あたま

答(4)

❷ 運動会のリレーでみんなの＿＿＿＿＿＿＿を引っ張ってしまった。
(1)かた　(2)ゆび　(3)あし　(4)こし

答(3)

❸ 鈴木さんとは年が離れているのに不思議と＿＿＿＿＿＿が合う。
(1)ねこ　(2)いぬ　(3)うし　(4)うま

答(4)

❹ 田中さんは＿＿＿＿＿＿が広いので、いろいろな業界に知り合いがいる。
(1)かお　(2)め　(3)て　(4)あし

答(1)

❺ このことは秘密だと何度も＿＿＿＿＿＿をさした。
(1)やま　(2)き　(3)うで　(4)くぎ

答(4)

❻ 山田さんは＿＿＿＿＿＿が軽いから、彼女には言わないほうがいい。
(1)あし　(2)うで　(3)くち　(4)あたま

答(3)

❼ 父がアメリカから帰ってくるのを＿＿＿＿＿＿を長くして待っている。
　(1)あし　(2)うで　(3)は　(4)くび

答 (4)

❽ 年齢を聞かれ、本当は三十歳だけど、二十八歳だと＿＿＿＿＿＿をよんだ。
　(1)さかな　(2)さば　(3)いわし　(4)さんま

・答 (2)

❾ ＿＿＿＿＿＿の涙ほどの給料で生活している。
　(1)すずめ　(2)つばめ　(3)とり　(4)はと

答 (1)

❿ 息子が反抗期で＿＿＿＿＿＿を焼いている。
　(1)て　(2)あし　(3)あたま　(4)うで

答 (1)

一心文化　SKILL12

從零開始，用 YouTube 影片學日文 ❷

作　　者　井上一宏
責任編輯　蘇芳毓
日文編輯　鄭淑慧
內文排版　polly（polly530411@gmail.com）
出　　版　一心文化有限公司
電　　話　02-27657131
地　　址　11068 臺北市信義區永吉路 302 號 4 樓
郵　　件　fangyu@soloheart.com.tw
初版一刷　2023 年 10 月
初版二刷　2024 年 1 月

總 經 銷　大和書報圖書股份有限公司
電　　話　02-89902588
定　　價　599 元

國家圖書館出版品預行編目（CIP）

從零開始，用 YouTube 影片學日文 ❷ / 井上一宏 著 . --
初版 . -- 臺北市：一心文化有限公司, 2023.10
　面；　公分 . -- (skill ; 12)

ISBN 978-626-96121-5-4(平裝)

1.CST: 日語 2.CST: 讀本 3.CST: 網路媒體

803.18　　112014188